Chair de poule®

SLAPPY WORLD

W0303835

R.L. Stine

Chair de poule®

Slappy World

Le jumeau maléfique

Traduit de l'anglais (États-Unis)
par Anne Delcourt

bayard jeunesse

Titre original
GOOSEBUMPS SLAPPYWORLD #3
I am Slappy's Evil Twin

2017 © Scholastic Inc.
Tous droits réservés. Reproduction, même partielle, interdite.
Goosebumps, Chair de poule, Goosebumps Slappyworld, Slappyworld
et les logos sont des marques déposées de Scholastic Inc.
La série Chair de poule a été créée par Parachute Press, Inc.
et publiée avec l'autorisation de Scholastic Inc.,
557 Broadway, New York, NY 10012 USA.
© 2023, Bayard éditions pour la traduction française.

Loi n° 49-956 du 16 juillet 1949
sur les publications destinées à la jeunesse.
Dépôt légal : avril 2023
Première édition

ISBN : 979-10-363-5421-2
Coordination éditoriale : Céline Potard

Imprimé en Espagne par Novoprint

DANGER
LE PHOTOCOPILLAGE TUE LE LIVRE

Tous droits réservés. La loi du 11 mars 1957 interdit les copies ou reproductions destinées à une utilisation collective. Toute représentation ou reproduction intégrale ou partielle faire par quelque procédé que ce soit sans le consentement de l'auteur et de l'éditeur est illicite et constitue une contrefaçon sanctionnée par les articles 425 et suivants du Code pénal.

PEFC PEFC/14-38-00277

SLAPPY VOUS PARLE, LES AMIS

Bienvenue dans mon monde.

Eh oui, vous êtes dans le monde de Slappy, et il est à mourir de rire ! Hahaha.

J'ai vraiment de la chance d'être moi ! Haha. Imaginez un peu si j'étais VOUS ! Je ne veux même pas y penser.

Je suis si beau que, chaque fois que je me regarde dans un miroir, il me supplie de rester. Et, si je ne figure sur aucun timbre-poste, c'est seulement parce que je suis trop GRAND pour tenir dessus ! Hahaha !

Vous savez ce qui est aussi sublime que moi ?

Non ? Moi non plus, hahahaha !

C'est simple, ça me donne la chair de poule. Et devinez quoi ! Aujourd'hui, c'est votre jour de chance. Parce que vous allez m'avoir en deux exemplaires pour le prix d'un.

Ne me remerciez pas, lisez d'abord cette histoire. C'est une histoire qui fait peur, bien sûr. Elle parle d'un garçon qui s'appelle Greg Harrison. Il habite à Hollywood et son père réalise des films d'horreur.

Le pauvre Greg. Avant d'arriver à la fin de cette histoire, il va *vivre* dans un film d'horreur ! Non seulement il finit par hurler à l'aide, mais il voit double !

Vous pouvez me croire, je ne reçois peut-être pas très bien mes invités, mais je sais raconter une bonne histoire qui fait peur.

J'ai intitulé celle-ci ***Le jumeau maléfique***. Un nouveau récit terrifiant du monde de Slappy !

Prologue

1920

1

Franz Mahar caresse sa barbe blanche en contemplant la marionnette qu'il est en train de fabriquer. Elle le fixe de ses yeux vitreux, vert olive. Son visage en bois n'est pas encore peint et sa bouche lisse est figée dans un pâle sourire.

Par la fenêtre ouverte de son atelier, Franz entend des moutons bêler. Tous les matins, les fermiers du petit village conduisent leurs troupeaux dans les hauts pâturages. Ils les ramènent tous les soirs, lorsque le soleil commence à descendre derrière les collines.

Le village se trouve à plus de cent kilomètres de la ville la plus proche. Ici, rien n'a changé depuis un siècle. Chèvres, vaches, cochons se promènent librement. Franz se réveille chaque jour au son du caquètement des poules.

Muni d'une longue aiguille, il se penche sur son établi et commence à coudre des poignets à la chemise blanche du pantin.

Franz Mahar est un vieil homme, maintenant. Sa vue est faible et ses mains tremblent. Autrefois, il a été une star du théâtre à Londres. Il avait créé un pantin ventriloque qui était son portrait, si ressemblant que le public n'en revenait pas. On se pressait pour assister à son spectacle. Il était célèbre et gagnait très bien sa vie.

Mais les choses finirent par se gâter. Franz partageait la scène avec Kanduu le magicien. Lui aussi était une star, avec sa cape rouge et son talent pour faire apparaître ou disparaître n'importe quoi.

Ils étaient amis. Mahar faisait confiance à Kanduu. Il ne se doutait pas, alors, que celui-ci faisait appel à la magie noire. En réalité, Kanduu était un sorcier.

Il jetait des sorts maléfiques. Il avait le pouvoir de contrôler les gens et de leur faire dire ou faire tout ce qu'il voulait.

Franz apprit beaucoup aux côtés de Kanduu, sans jamais se rendre compte de son côté sombre. Jusqu'au jour fatal.

Un soir, alors qu'il attendait dans les coulisses le début de son numéro, Mahar ouvrit la longue caisse en bois dans laquelle il rangeait Monsieur Bois, sa marionnette, et l'en sortit.

– Aïe ! s'écria-t-il soudain.

Le pantin venait de lui donner un violent coup de poing sur le menton.

– *Bas les pattes !* cria Monsieur Bois.

Sous le choc, Mahar le regardait les yeux écarquillés en se frottant la mâchoire.

– *À partir de maintenant, c'est moi qui tire les ficelles !* déclara la marionnette.

Cette fois, elle projeta son poing de bois sur l'épaule de Mahar.

Terrifié, le ventriloque referma l'étui à la hâte et quitta le théâtre en le laissant là.

Au bout de quelques jours, il découvrit ce qui s'était produit : Kanduu avait ensorcelé le pantin en y déversant sa magie malfaisante. Monsieur Bois avait pris vie !

Franz se sentait trahi et ne voulait plus jamais revoir sa marionnette. Il rassembla toutes ses affaires dans un sac et s'envola pour les États-Unis.

Il ne désirait qu'une chose : fuir le plus loin possible. Alors il se réfugia dans un petit village de montagne, où il construisit un chalet en bois et un atelier. Depuis, il y vit paisiblement, dans la solitude.

Il ne s'est pas fait d'amis. Les seuls qu'il a sont ceux qu'il fabrique sur son établi, dans son petit salon. Ses pantins et ses poupées sont de véritables chefs-d'œuvre. Il grave délicatement leurs têtes et leurs mains. Il peint leurs visages et coud leurs costumes.

Il donne à chacun une personnalité. Il s'en sert pour monter des spectacles de ventriloque qu'il se joue à lui-même. Et, de temps en temps, il fait appel à la magie qu'il a apprise auprès de Kanduu. Certains soirs, quand il se sent seul, il insuffle la vie à ses personnages en bois pour avoir quelqu'un à qui parler.

Aujourd'hui – tandis que les moutons bêlent et que les poules caquètent derrière sa fenêtre –, Mahar apporte la touche finale à sa dernière création.

Il achève de colorer les joues du pantin à petits coups de pinceau.

– Tu es fait du bois le plus beau, lui explique-t-il. Et j'ai utilisé les pouvoirs dont je dispose pour te donner vie.

Couchée sur l'établi, la marionnette bat des paupières.

– Tu m'obéiras en toutes circonstances, reprend Franz.

Il l'assoit et noue les lacets des petites chaussures en cuir marron.

– La magie que je t'ai insufflée n'est pas sans danger. Je dois garder le contrôle sur tes actes. Tu ne céderas à aucun sentiment de colère ou de méchanceté.

Le pantin cligne de nouveau des yeux. Comprend-il ce que lui dit Franz ?

Le marionnettiste a encore d'autres instructions à donner à sa création, mais il est interrompu par un coup asséné sur sa porte.

Qui frappe chez moi aussi violemment ? se demande-t-il.

On dirait que plusieurs poings s'acharnent sur la porte, prêts à la briser.

– J'arrive, j'arrive, marmonne Mahar.

Posant la marionnette, il s'essuie les mains sur son tablier, va ouvrir… et reste bouche bée.

La moitié du village est là, face à lui. Ils sont au moins vingt-cinq, et le dévisagent d'un air sinistre.

Certains portent des torches, d'autres sont armés de pistolets.

Les jambes du vieux Mahar se mettent à trembler. Sa gorge se noue. Il a du mal à respirer.

Enfin, il retrouve sa voix :

– Pourquoi êtes-vous là ? Que me voulez-vous ? Qu'allez-vous me faire ?

2

Les villageois se mettent à crier tous en même temps. Ils brandissent le poing avec colère, agitent leurs torches et leurs pistolets d'un air menaçant.

– S'il vous plaît, s'il vous plaît..., bredouille Franz.

Deux fermiers en salopette le poussent contre un mur. Puis tous envahissent le petit salon avec force cris et jurons. Un vase tombe et se brise. Mahar n'arrive pas à comprendre ce qu'ils disent.

– S'il vous plaît, expliquez-moi...

Les deux fermiers s'avancent vers lui. Ils sont grands et forts, avec de gros ventres. Les revers de leurs pantalons sont tachés de boue, leurs fronts rougeauds, couverts de transpiration. L'un d'eux est chauve et l'autre a des cheveux blonds emmêlés qui lui tombent sur les yeux.

– Je suis Buser Bailey, dit le premier. Lui, c'est Seth Johnson, mon voisin. On s'est déjà croisés au village.

Mahar hoche la tête.

– Vous savez ce que vous avez fait, reprend Bailey d'une voix grondante.

– P-pas du tout ! répond le marionnettiste. Je n'ai rien fait !

– C'est vous qui nous portez malheur, déclare le chauve, les dents serrées.

– Oui, c'est vous ! répète Johnson en secouant son gros poing. Notre village est en ruine. Cette année, nos champs se sont desséchés et n'ont rien donné.

– Mais… Mais…, bégaie Mahar.

Johnson lève une main pour le faire taire.

– Le lait de nos vaches tourne.

– Hier, une de mes chèvres a mis au monde un petit à deux têtes, ajoute Bailey. La malédiction s'étend de jour en jour. Et c'est VOUS qui l'avez attirée ici !

À ces mots, les autres villageois se mettent à crier et s'approchent, prêts à attaquer le marionnettiste.

Il tente de protester, mais personne ne l'entend.

– C'est à cause des pantins ! s'exclame soudain une femme, rouge de colère sous son foulard gris.

Tous se tournent vers la marionnette allongée sur l'établi.

– Le pantin ! C'est à cause du pantin !

– Détruisons-le !

– Il est maléfique ! Regardez son visage !

Bailey saisit brusquement Mahar par le col de sa chemise.

– Vos marionnettes ont fait pleuvoir le malheur sur notre village !

– Non ! Non ! Vous vous trompez ! Ce ne sont que des pantins, faits de bois et de tissu !

– Il est maléfique ! Il est maléfique ! martèlent quelques villageois.

Tous les yeux sont maintenant rivés sur la marionnette. Les visages sont déformés par la peur.

– Il est maléfique ! Tuons le mal !

Bailey repousse Franz pour s'approcher de l'établi.

– Non ! crie le marionnettiste.

Mais il ne peut rien faire pour arrêter la foule.

Le fermier saisit le pantin par la taille et le brandit au-dessus de sa tête.

Soudain, tous se taisent et un grand silence tombe sur le petit chalet. La tête, les bras et les jambes du pantin pendent de la grosse main de Bailey. Ses yeux vitreux fixent le plafond.

– S'il vous plaît, implore Mahar. Cette marionnette est le travail de toute une vie. J'ai mis des années à la terminer. Ne faites pas cela…

Mais Bailey le repousse violemment, et l'envoie se cogner contre son établi. Puis les deux fermiers se dirigent vers la porte. Les autres s'écartent pour les laisser sortir.

– Brûlons-le ! crie quelqu'un.

– Brûlons le pantin ! crie la femme au foulard gris.

– Brûlons-le ! Brûlons-le ! reprennent les villageois en sortant à leur tour.

Depuis le seuil de sa maison, Mahar les regarde assembler du bois pour allumer un feu. Il a l'impression que son cœur va exploser et tremble de la tête aux pieds.

Il n'arrive pas à effacer de son esprit l'image de tous ces visages en colère dans le petit chalet. Tant de haine ! Tant de superstition ! Comment ces gens peuvent-ils soupçonner un pantin de bois d'avoir apporté le malheur chez eux ?

Les villageois empilent du petit bois et des branches un peu plus loin, sur le sentier qui part de la maison. Mahar entend des chèvres bêler tristement dans leur pâturage, et l'image du chevreau à deux têtes lui traverse l'esprit. Mais déjà les villageois abaissent leurs torches sur la pile de branchages, qui s'embrase rapidement. Mahar retient son souffle en regardant les flammes s'élever, impuissant.

Les branches craquent, le feu siffle et crépite. Les yeux brillants d'excitation, les villageois ont formé un cercle tout autour.

Johnson brise le silence en criant d'une grosse voix :

– Meurs, pantin maléfique !

– Meurs, pantin maléfique ! Meurs ! répètent les autres.

Mahar retient un cri lorsque Bailey jette la marionnette dans le brasier. Son costume s'enflamme aussitôt.

Puis, sous les yeux de son créateur, le pantin est englouti par le feu, qui l'avale en une bouchée.

Et, derrière les flammes dansantes, un cri d'horreur et de douleur s'élève au-dessus du groupe de villageois silencieux.

3

Tous les villageois tournent les yeux en direction du cri qui vient de déchirer l'air. Mahar se tient là, devant sa porte, les jambes tremblantes, la bouche encore ouverte sur son hurlement.

Bailey et Johnson s'éloignent du feu d'un pas lourd pour venir se camper devant lui. Bailey pointe un doigt accusateur sur la poitrine du marionnettiste.

– Maintenant, vous devez cesser de créer vos œuvres maléfiques.

– Si vous voulez continuer à vivre ici…, enchaîne Johnson, si vous voulez rester en *vie,* vous feriez mieux de nous écouter et d'arrêter.

Mahar soupire, secoue tristement la tête et regarde par terre.

– Je ne créerai plus rien, murmure-t-il d'une voix brisée. Vous avez détruit l'œuvre de ma vie.

Les deux fermiers le fixent longuement, durement. Le vieil homme lit la colère et la haine dans leurs yeux. Puis il les regarde rejoindre les autres autour du feu crépitant.

Il rentre chez lui, claque la porte et s'y adosse pour reprendre son souffle.

– Les idiots, murmure-t-il. Les pauvres idiots.

Il jette un coup d'œil par la fenêtre du chalet afin de s'assurer que tout le monde est parti. Puis il traverse la pièce jusqu'à une porte dérobée. Il l'ouvre, allume la lumière d'une main tremblante et lève les yeux vers les deux pantins posés côte à côte sur une étagère.

– Croyaient-ils vraiment que j'allais abandonner mes précieuses marionnettes aussi facilement ? leur dit-il.

Celles-ci fixent le vide, immobiles. Elles sont semblables en tous points. Seuls leurs yeux sont différents. Ceux de l'une sont vert olive et ceux de l'autre, noirs.

Mahar rit doucement.

– Les idiots… Ils pensaient vraiment que je n'en avais qu'une ?

Il prend celle aux yeux verts et la berce dans ses bras.

– Ils ne vous auront jamais. Mes amis… Mes vrais amis…

– *Les idiots !* crie le pantin d'une petite voix perçante. *Les idiots !*

Puis les deux marionnettes renversent la tête en arrière, ouvrent grand la bouche et éclatent de rire. Mahar se met à rire avec elles, jusqu'à en avoir les larmes aux yeux. Ils rient tous les trois, longtemps ils rient de cette bonne blague.

Aujourd'hui

4

Salut, les amis ! Je suis Greg Harrison. C'est moi le petit roux qui farfouille dans la boîte à outils du garage en se demandant à quoi peut ressembler un tournevis à bout plat.

D'accord, à douze ans, je devrais m'y connaître un peu mieux en outils. Mais la mécanique n'est pas vraiment mon fort. Je n'ai jamais rien bricolé de plus compliqué qu'un bonhomme de neige.

Je blague ! À vrai dire, je n'avais jamais bricolé de ma vie… avant qu'on décide de construire un drone pour un concours au collège.

– Dépêche-toi, Greg. Je ne vais pas tenir comme ça toute la journée.

Elle, c'est ma sœur, Kelly. Accroupie à l'autre bout du garage, elle maintient deux pièces du châssis l'une contre l'autre. Elle non plus, elle n'est pas très douée. Enfin… au moins, elle sait tenir les choses. Et, surtout, elle est très forte pour expliquer aux autres qu'ils s'y prennent de travers.

Par chance, notre ami Jamal, lui, est un génie de la mécanique. Il a un vrai don pour ça. Il a construit une ville en Lego de la taille de son salon alors qu'il portait encore des couches.

C'est Jamal qui a choisi notre kit « Construis ton propre drone ». Après avoir déballé toutes les pièces dans le garage, il a déclaré que la notice ne lui plaisait pas. Alors il l'a jetée en disant qu'il pouvait faire mieux, et on l'a cru.

Le drone va être massif, plus gros que notre tondeuse à gazon. Et pourtant, si tout se passe bien, il volera !

Normalement, il suffirait que je mette la main sur ce tournevis à bout plat pour qu'il soit terminé. J'ai fouillé la boîte à outils de fond en comble.

– C'est le truc avec un manche jaune ! m'a crié Jamal. Tout en haut.

Il l'avait repéré depuis l'autre bout du garage. Quand je vous dis que c'est un génie…

Je lui ai apporté le tournevis. Tandis que Kelly tenait les plaques métalliques, Jamal, maniant l'outil avec aisance, a serré les vis au maximum pour les fixer.

– C'est quoi, cet élément ? ai-je demandé en brandissant une étroite bande d'aluminium. Ça ferait une super épée.

– C'est une hélice, m'a répondu Jamal. On n'y est pas encore.

– Laisse Jamal respirer un peu, m'a ordonné Kelly en me faisant signe de m'écarter.

Ma sœur a deux ans de moins que moi, mais elle est super autoritaire. Elle me répète tout le temps de reculer et de laisser de l'air à Jamal. Comme c'est la petite dernière et qu'elle est mignonne, avec ses cheveux blonds et ses petites fossettes, elle se croit maligne.

Mais je ne veux pas être méchant. Kelly et moi, nous nous entendons très bien. Surtout quand je fais ce qu'elle demande.

– Il y a un ordre à respecter, a expliqué Jamal. D'abord le châssis, puis les hélices et enfin les moteurs.

J'ai reposé l'hélice et regardé les moteurs du drone disposés le long du mur. Il y en avait quatre, qui fonctionnaient avec des batteries.

Kelly et Jamal ont commencé à assembler une autre partie de la structure. Le soleil de l'après-midi disparaissait derrière les arbres, dont les ombres rampaient jusque dans le garage. Je suis allé allumer la lumière.

– Au moins, vous ne pourrez pas dire que je ne sers à rien ! ai-je crié.

Ils ne m'ont même pas répondu.

En me retournant, j'ai buté contre la bouteille de gaz. Elle était haute et fine, presque aussi grande que moi.

Horrifié, je l'ai vue vaciller.

J'ai bondi pour la rattraper, mais elle était trop lourde pour moi.

Comme dans un cauchemar, la scène a semblé se dérouler au ralenti. La bouteille chancelait, menaçant de s'écraser sur le sol en béton.

– Attention ! ai-je hurlé. Ça va EXPLOSER !

5

Le souffle coupé, j'ai retenu la bouteille de métal de tout mon poids pour l'empêcher de tomber.

– Hunnnh…

J'ai laissé échapper un grognement. Je tenais bon… Enfin, avec l'énergie du désespoir, j'ai réussi à redresser la bouteille.

Mon cœur battait à tout rompre. Kelly et Jamal me dévisageaient, toujours agenouillés devant le châssis. Ils n'avaient pas bougé.

– Greg… Ça t'amuse ? a demandé Kelly, furieuse.

– Ce n'était pas une blague ! ai-je protesté en essuyant mon front en sueur.

Jamal a plissé les yeux.

– Tu veux dire que tu viens vraiment de nous faire passer à deux doigts du film d'horreur ?

J'ai hoché la tête.

À la maison, on parle beaucoup de films d'horreur. Mon père en réalise. Il dirige les Films de la Maison des Horreurs.

Si vous aimez ça, vous en connaissez sans doute certains, comme *L'Attaque du teckel qui pèse une tonne* ou *La Créature de la banlieue de Cincinnati*… Il en a fait au moins une dizaine.

Mon père rapporte toujours plein d'accessoires à la maison : des masques et des costumes effrayants et toutes sortes de squelettes, de crânes et de têtes de monstres. Il nous laisse parfois en emprunter. Ça nous amuse beaucoup, Kelly et moi. On s'en sert pour monter des petites pièces de théâtre d'horreur.

Certains ont de la valeur. Ceux-là, on n'a pas le droit d'y toucher. Mon père les range dans des vitrines au grenier, son musée des Horreurs.

Il n'arrête pas de nous rappeler la chance que nous avons :

– Vous en connaissez, vous, d'autres maisons où on trouve un musée des Horreurs, à Hollywood Hills ?

La réponse est non, bien sûr.

Quand j'étais petit, ces choses effrayantes cachées au grenier me donnaient des cauchemars. Je rêvais que des squelettes et des monstres prenaient vie et se battaient là-haut.

Parfois je me réveillais en hurlant, persuadé de les avoir vraiment entendus grogner, marcher et se cogner juste au-dessus de ma tête.

Mon père venait toujours me calmer.

– Les monstres s'animent seulement dans les films, me rassurait-il. Pas dans la vraie vie. Jamais.

Quand j'ai eu neuf ou dix ans, les cauchemars ont disparu.

Je regardais Kelly et Jamal sans lâcher la bouteille de gaz.

– T'es vraiment un idiot, m'a dit ma sœur.

Elle s'est levée brusquement. Elle préfère être debout quand elle me crie dessus. Comme ça, elle peut croiser les bras et prendre un air furieux, exactement comme maman. Notre mère vit dans la banlieue de Los Angeles avec son nouveau mari. On va la voir un week-end sur deux.

– Papa a interdit de s'approcher de la bouteille de gaz quand il n'est pas là, a commencé Kelly.

– C'est vrai, on n'a pas envie de se retrouver dans un film d'horreur, a ajouté Jamal.

Soudain, dehors, une drôle de voix stridente a lancé :

– *Eh bien, les gamins, vous êtes pourtant en plein dedans !*

– Hein ?

Je me suis retourné… et j'ai poussé un cri.

Kelly a hurlé. Jamal a lâché le drone.

Je n'en croyais pas mes yeux. Deux marionnettes identiques se tenaient là, et elles marchaient… toutes seules.

6

Les marionnettes mesuraient environ un mètre. Elles portaient le même costume gris assorti d'un nœud papillon rouge et de chaussures noires brillantes. Elles avaient les yeux écarquillés et un horrible sourire rouge était peint sur leur visage.

– Vous… vous…

J'essayais de parler, mais la stupeur m'empêchait d'en dire plus.

– Désormais, vous êtes dans le monde de l'horreur ! a déclaré l'une des marionnettes d'une voix grinçante. *Bienvenue dans NOTRE monde !*

Jamal s'est levé d'un bond.

– Qui est là ? Qui les fait parler ?

– Et TOI, qui tire tes ficelles ? a répliqué le pantin.

– À partir de maintenant, c'est nous qui posons les questions ! a renchéri son jumeau.

Kelly a reculé. Jamal restait bouche bée, figé par le choc.

J'ai éclaté de rire.

– C'est toi, papa ? Très drôle ! Ça a failli marcher… pendant une seconde.

Pas de réponse.

Les marionnettes nous souriaient toujours, avec leurs bouches peintes en rouge. L'une d'elles avait les yeux vert olive. Ceux de l'autre étaient noirs. À part cela, il n'y avait aucun moyen de les différencier.

La marionnette aux yeux verts a avancé d'un pas dans le garage. Elle semblait marcher sans que personne la manipule.

– Papa ? ai-je répété. Tu es là ?

– Elles sont téléguidées, a décrété Jamal en les observant attentivement. Comme nos petites voitures, quand on était gamins.

– Et comme le drone qu'on est en train de construire, a ajouté Kelly. Papa doit être caché pas loin et les contrôler.

– *Ton père est grillé !* a déclaré le pantin aux yeux verts.

Il s'est encore approché d'un pas.

– *Ton père est du pain grillé !* a ajouté l'autre.

Il parlait d'une voix cassée, enrouée.

Son jumeau s'est tourné vers lui.

– *Ça n'a aucun sens, guignol. Du pain grillé ? Qu'est-ce que ça veut dire ?*

– *Arrête de m'embêter. Moi, je trouve ça drôle. Pourquoi es-tu toujours méchant avec moi ?*

– *Peut-être parce que tu es stupide, même pour une marionnette !*

J'ai soupiré.

– Papa, on apprécie beaucoup ta blague, mais ça devient un peu lourd.

Toujours pas de réponse.

– Tu es vraiment sûr qu'ils sont télécommandés ? a demandé Kelly à Jamal.

Il a haussé les épaules.

– Tu as une autre explication ?

– *Nous sommes vos nouveaux maîtres !* ont lancé les jumeaux en chœur.

Puis nous avons entendu un cri venant de l'allée.

– Hé, les enfants ! Les enfants, vous êtes là ?

C'était mon père.

– Il fait semblant de ne pas savoir où on est, ai-je commenté en gloussant.

Les pantins se sont affalés d'un coup. Leurs têtes de bois ont heurté le béton, ont rebondi une fois, puis se sont immobilisées. Ils n'ont plus bougé. Ils n'étaient plus que deux petits tas inertes.

Mon père a surgi dans l'allée en nous faisant signe avec un grand sourire. Mais ce sourire s'est effacé dès qu'il a vu les marionnettes par terre.

Son regard s'est posé sur moi.

– Hé ! Pourquoi avez-vous sorti les pantins de la voiture ?

– On n'a rien fait ! ai-je protesté. C'est pas nous.

Mon père a froncé les sourcils.

– Mais oui, bien sûr. Elles sont arrivées là sur leurs petits pieds !

Jamal s'amusait bien.

– Monsieur Harrison, arrêtez de nous taquiner, on sait qu'elles sont télécommandées.

Mon père s'est gratté le menton. Une petite barbe poivre et sel lui couvre le bas du visage. Ses cheveux noirs peignés en arrière dégagent son large front, et ses yeux bleu pâle semblent toujours en train de vous scruter comme des rayons X.

Il est très mince et ne paraît pas du tout ses quarante ans. En plus, il s'habille comme un jeune, tous les jours avec la même tenue : un tee-shirt noir à l'effigie d'un groupe de rock et un jean.

– Regarde ces pantins, a-t-il dit à Jamal. Ils ne sont pas connectés, tu le vois bien. Ce ne sont pas des robots. Juste de simples marionnettes.

Traversant le garage, Jamal en a ramassé une. Les bras et les jambes du pantin pendaient mollement. Sa tête a basculé en arrière.

– Elle est plus lourde que je ne pensais, a commenté Jamal.

Puis il a enfoncé les doigts dans le ventre de la marionnette.

– Pas de moteur.

– Mais, papa…, a commencé Kelly.

– Elles ont marché jusque dans le garage, l'ai-je coupée, et elles nous ont parlé. C'est toi qui faisais leurs voix, avoue !

Mon père a secoué la tête.

– Je n'étais pas là. Je rangeais les courses dans la cuisine.

Ses yeux bleus se sont fixés sur moi.

– Ça y est, j'ai compris. Vous vous êtes amusés à écrire un petit scénario de film d'horreur. Une nouvelle idée pour une de vos pièces, peut-être ? Ça me semble un bon début.

– Papa, tu dois nous croire ! a imploré Kelly. On n'a rien inventé !

À sa voix, j'ai deviné qu'elle était chamboulée… et même un peu effrayée.

Mon père a ri en prenant la marionnette des mains de Jamal.

– Mais vous ne m'aurez pas comme ça. À propos de scénario, j'espère que vous avez bien répété vos cris de terreur, tous les trois.

Ouvrant la bouche en grand, Kelly a laissé échapper un hurlement à glacer le sang.

– Excellent ! s'est réjoui mon père. J'ai bien fait de vous prendre comme figurants dans mon prochain film. Tu vas être une vraie star dans les scènes où tout le monde se met à courir en criant.

– Au fait, merci, monsieur Harrison ! s'est exclamé Jamal. Ça va être génial !

Mon père a soulevé l'autre pantin et ajouté :

– Et ces deux-là jouent les premiers rôles, bien sûr.

– Il va s'appeler comment, ce film ? a demandé Kelly.

– *J'ai épousé un guignol.* On a testé le titre, ça a été approuvé à quatre-vingt-dix pour cent.

– C'est un bon score ? ai-je demandé.

Je blaguais, mais, apparemment, mon père n'a pas compris.

Il m'a passé l'une des marionnettes et a pris l'autre.

– Tiens, aide-moi à les monter au grenier.

J'ai jeté le pantin sur mon épaule et j'ai traversé la pelouse derrière mon père en direction de la maison. La main de bois rebondissait contre mon bras à chacun de mes pas.

Soudain, je me suis figé en sentant des doigts se replier autour de mon poignet.

– Hé !

La main de la marionnette a serré… serré… serré comme un étau… jusqu'à s'enfoncer dans ma peau.

– Papa ! ai-je crié. Papa, aide-moi. Elle me fait *mal !*

7

Mon père s'est retourné.

– Mon poignet..., ai-je gémi.

– Qu'est-ce qui t'arrive ?

Le bras de la marionnette était retombé mollement. Sa main de bois pendait, inerte, et ses doigts frôlaient presque l'herbe de la pelouse.

– Elle... elle m'a attrapé le poignet, ai-je balbutié.

Je sentais encore la douleur.

Mon père a levé les yeux au ciel.

– Greg, arrête une minute. Les plaisanteries les plus courtes sont les meilleures.

– Ce n'est pas une plaisanterie, papa ! ai-je protesté en lui montrant mon poignet. Regarde, c'est tout rouge.

– Ça n'est pas flagrant, a-t-il répondu en se grattant la barbe. Pourquoi fais-tu ça, Greg ? Si tu ne veux pas être dans le film, il suffit de me le dire. Tu as vraiment peur de ces deux vieux pantins ?

– Non. Pas du tout, ai-je assuré.

Je voyais bien qu'il ne me croirait jamais. Alors je me suis tu et je l'ai suivi dans le petit escalier qui mène au musée des Horreurs, Kelly et Jamal sur mes talons.

Le grenier est une grande pièce au plafond bas, avec une petite fenêtre aux deux extrémités. La lumière grise du soir entrait par le Velux au-dessus de nos têtes.

Les planches du parquet sont vieilles et mal fixées. Elles grincent et crissent sous les pieds. Parfait pour un musée des Horreurs.

Mon père a appuyé sur l'interrupteur, et les vitrines se sont toutes illuminées. Elles étaient remplies de tonnes de trésors.

J'ai aperçu la main de momie utilisée dans le premier film *La Momie*, les gigantesques chaussures du *Frankenstein* d'origine, une mâchoire de requin des *Dents de la mer*.

On a longé un mur couvert de vieilles affiches : *l'Étrange Créature du lac noir… Les Griffes de la nuit… Le Cerveau qui ne voulait pas mourir…*

Jamal restait en arrière. J'ai remarqué qu'il regardait droit devant lui, sans s'attarder sur les armoires vitrées ou les affiches.

Il n'aime pas venir là. Il nous assure que ce n'est pas de la peur, mais juste qu'il n'est pas un grand fan d'horreur. « Je préfère les films de science-fiction, précise-t-il. Avec des robots extraordinaires, des réalités virtuelles et des machines du futur. »

Du Jamal tout craché.

On a suivi mon père jusqu'à une vitrine vide, qui s'ouvrait par le haut.

– Kelly, tu peux tenir la marionnette, s'il te plaît ? a demandé mon père à ma sœur.

Je me suis frotté le poignet. Il me faisait encore mal.

– Pourquoi on les enferme dans le grenier, si tu en as besoin pour le film ? ai-je questionné.

– Elles ont beaucoup de valeur. Je ne veux pas risquer qu'elles soient abîmées.

– Et, quand le film sera terminé, tu les rapporteras ?

– Non. Je les vendrai. Je connais deux collectionneurs qui rêvent de les posséder. Un à Pasadena et l'autre à Pékin. C'est une chance incroyable. Avec ce que je vais gagner, je vais pouvoir payer tes études.

– Wouah ! s'est exclamée Kelly. Elles valent *super cher,* alors.

– Mais… vous allez les séparer ? a demandé Jamal en regardant les pantins. Ce sont des frères, non ?

– Oui. Des jumeaux parfaits, a ajouté Kelly.

Mon père a ri.

– Les marionnettes ne peuvent pas être frères ou sœurs. Ce sont juste des marionnettes. Vous êtes vraiment bizarres, les enfants. Elles ne sont pas vivantes ! Elles s'animent seulement dans les films.

Nous n'avons rien répondu. J'ai regardé les deux pantins souriants avec un mauvais pressentiment.

– Aidez-moi à les ranger, nous a demandé mon père en soulevant le couvercle de la vitrine.

Kelly et moi avons couché les marionnettes à l'intérieur. Les bras allongés le long du corps, elles fixaient le plafond de leurs yeux vitreux.

Mon père a soigneusement refermé le couvercle, puis il a verrouillé la vitrine avec une petite clé argentée. Il l'a posée sur une table un peu plus loin.

– Interdiction de jouer avec. C'est compris ?

– Ça, il n'y a pas de danger, l'ai-je assuré en me frottant le poignet.

Je dois être honnête : j'aime les films qui font peur. D'ailleurs, j'aime tous les films de mon père. Mais ces deux pantins narquois me flanquaient la trouille. J'étais vraiment soulagé qu'ils soient enfermés.

– Alors, comment ça se passe avec le drone, Jamal ? a demandé mon père.

– Bien. Le châssis est presque terminé. On devrait réussir à fixer les hélices d'ici la fin du week-end.

– Parfait ! a commenté mon père. Ah ! J'ai hâte de le voir voler au-dessus de chez les voisins ! Ils vont avoir une peur bleue !

– On sait que tu adores faire peur aux gens, papa, a dit Kelly en soupirant.

À ce moment-là, le téléphone de mon père a sonné. La sonnerie est un cri d'épouvante poussé par une femme.

– Excusez-moi, je dois répondre, a-t-il annoncé.

Et il a descendu l'escalier, son appareil collé à l'oreille.

– Je n'ai pas rêvé ? ai-je demandé. Ces marionnettes ont bien parlé pour de vrai tout à l'heure ! Vous les avez entendues comme moi, non ?

– C'était juste papa, m'a répondu Kelly. Forcément. Il nous a joué un tour.

Elle s'était mise à se promener tranquillement entre les vitrines.

– Hé, Jamal, regarde ça ! s'est-elle exclamée. La nouvelle collection de canines de vampire de mon père. Chacune a sa petite étiquette pour préciser de quel film elle vient.

– Votre père est super bizarre, a dit Jamal. Je l'aime beaucoup, il est très sympa. Mais il est quand même bizarre.

Il a frissonné.

– Bon, si on redescendait, maintenant ?

– Bonne idée, ai-je approuvé.

Alors que je me dirigeais vers l'escalier, un bruit m'a arrêté net. *Tap tap tap.*

Sur le coup, j'ai cru que c'était un oiseau. Depuis quelque temps, un pic-vert essaie de faire un trou dans une poutre, chez nous.

Tap tap tap.

Je me suis retourné. Le martèlement provenait de la vitrine des marionnettes.

Je me suis approché et j'ai sursauté : toujours allongé sur le dos, l'un des pantins, une main levée, tapait sur le couvercle.

Tap tap tap.

Il a commencé à cogner plus fort.

Tap tap tap…

8

Tap tap tap-tap-tap.

– Non ! me suis-je écrié. C'est pas vrai !

– Il… il essaie d'ouvrir pour s'échapper ! s'est exclamé Jamal.

Il a reculé, le visage déformé par la peur.

– C'est dingue…, ai-je murmuré.

– Papa ! a crié Kelly. Papa, viens *vite !*

Pas de réponse.

– Il n'entend pas, ai-je dit. Il a dû aller dans son bureau pour téléphoner au calme.

Tap-tap-tap.

– Papa ! Papaaaa ! a hurlé ma sœur.

Toujours pas de réponse.

J'ai arrêté de respirer en voyant l'autre pantin lever les mains et frapper le couvercle à son tour.

– Sortons d'ici ! a crié Jamal d'une voix rauque.

– Non, attendez…, ai-je dit. Attendez. J'ai une idée.

Tap-tap-tap-tap.

Jamal avait déjà descendu les premières marches de l'escalier.

– C-c'est quoi, ton idée ? a-t-il balbutié.

– Les laisser sortir.

– Quoi ? s'est écriée ma sœur. Tu es *fou* ?

J'ai sorti mon téléphone de la poche de mon jean.

– On ouvre la vitrine pour les laisser sortir. Ils vont se remettre à parler, comme tout à l'heure dans le garage. Et moi, je fais une vidéo. Ça prouvera qu'on n'a pas menti. Papa sera *obligé* de nous croire.

– Pas question ! a crié Jamal en secouant la tête. Pas question, Greg. C'est bien trop dangereux.

– Jamal a raison, a enchéri Kelly. On ne sait pas de quoi ils sont capables.

– Et on ferait comment pour les remettre dans la vitrine, après ? a demandé Jamal.

– Il vaut mieux que j'aille chercher papa, a dit Kelly en se tournant vers l'escalier.

– Il faudrait d'abord qu'il nous *croie*, ai-je insisté.

Tap tap tap-tap-tap.

– Je… j'ai peur, a bredouillé Kelly. Et si…

Sa voix s'est éteinte.

– Moi aussi, j'ai peur, ai-je avoué. C'est pour ça qu'on doit convaincre papa qu'on n'a rien inventé.

– Non. S'il te plaît…, m'a imploré Jamal. Ne fais pas ça, Greg.

Mon regard allait de ma sœur à mon ami. *Tap tap-tap tap*.

Que fallait-il faire ?

J'ai saisi la clé…

SLAPPY VOUS PARLE, LES AMIS

Vas-y, Greg. Ouvre le couvercle. Qu'est-ce que tu as à perdre ?

Mon frère et moi, nous ne ferons rien de mal. C'est juré. On peut toujours se fier à la promesse d'une marionnette maléfique, pas vrai ? Hahahaha.

On veut juste jeter un coup d'œil dans le grenier. Peut-être prendre quelques souvenirs. Comme vos *têtes,* par exemple ! Hahaha !

Vous croyez que Greg va ouvrir cette vitrine et nous laisser sortir ? On va bien voir… Mais, avant de retourner à nos aventures, laissez-moi vous donner une petite précision. Le surnom de Greg, c'est LOSER. Hahahaha !

9

J'ai passé mon téléphone à Kelly après avoir appuyé sur « Enregistrer ». Elle avait tellement peur qu'elle a failli le laisser tomber.

– Ne fais pas ça, Greg…

Jamal me suppliait toujours. Mais je savais ce que je devais faire. J'ai tourné la clé dans la serrure et soulevé le couvercle de la vitrine.

– Hein ?

Nous avons sursauté quand les deux pantins se sont dressés comme des ressorts et se sont assis.

– *Merci pour l'air frais !* s'est exclamé celui aux yeux noirs. *Je commençais à avoir une crampe dans la jambe.*

– *J'ai failli attendre !* m'a lancé l'autre. *Moi aussi, tu vas voir, je vais prendre TOUT mon temps quand je te rendrai la monnaie de ta pièce !*

– *Allons, allons, Slappy*, l'a réprimandé le premier. *Il ne faut pas leur faire peur ! Pourquoi ne peux-tu pas t'empêcher d'être méchant* ?

– *Et toi, Snappy, pourquoi ne peux-tu pas t'empêcher d'être idiot ?* a riposté son jumeau. *Parce que tu as la tête farcie de sciure de bois ? Hahaha !*

– *Tu vois ?* a répliqué Snappy. *C'est pour ça que tu n'as pas d'amis. Tu ne fais jamais d'efforts pour être agréable.*

Nous assistions à la dispute sans bouger, pétrifiés. Leurs bouches en bois s'ouvraient et se fermaient, leurs yeux glissaient d'un côté, puis de l'autre. Kelly continuait de pointer le téléphone dans leur direction d'une main tremblante.

– Les-les guignols ne parlent pas, a bredouillé Jamal.

Slappy s'est tourné vers lui d'un air furieux.

– *Qui tu traites de guignol, GUIGNOL ?*

– *Pas d'insultes,* a soufflé son jumeau.

– *FERME-LA, SNAPPY !* a hurlé Slappy.

Puis, prenant appui sur ses deux mains sur le rebord de la vitrine, il s'est propulsé à l'extérieur. Ses chaussures ont heurté le sol avec un bruit sec.

Jamal a poussé un cri d'effroi. Kelly a fait un pas en arrière, mais sans cesser de les filmer.

– *N'ayez pas peur, les enfants,* a grincé Slappy. *Nous ne sommes pas effrayants... nous sommes seulement TERRIFIANTS ! Hahaha !*

– *Ne sois pas si dur, Slappy,* a dit son jumeau.

Slappy a laissé échapper un grognement. Il a tiré Snappy hors de la vitrine et l'a brutalement reposé par terre, sur ses pieds.

– *Je m'appelle Slappy,* nous a-t-il informés avec une petite révérence. *Et mon frère le petit génie s'appelle Snappy. Mais, à partir de maintenant, vous pouvez nous appeler MAÎTRES !*

– *Sois gentil, Slappy,* a repris Snappy.

Il parlait d'une voix douce, beaucoup moins fort que son frère. Il semblait presque timide.

Slappy l'a ignoré.

– *Votre père s'imagine qu'il peut nous séparer. Je l'ai entendu. Mais tout ce qu'il va réussir à séparer, c'est sa tête de ses épaules ! Hahahaha !*

Son rire était encore plus inquiétant que ses paroles. Il était froid et cruel, et ne ressemblait en rien à un rire.

– *Pas de violence, mon frère,* a insisté Snappy en secouant la tête. *Tu sais que je déteste cela.*

Mon cœur battait à tout rompre, j'avais froid et je tremblais de la tête aux pieds. Jamal tenait ses mains devant son visage, comme un bouclier.

– *On va donner une leçon à votre père,* a repris Slappy de sa voix grinçante. *On va le faire payer pour avoir voulu nous séparer. Et devinez quoi, esclaves... vous allez nous y AIDER ! Hahaha !*

– *On ne doit pas les forcer, Slappy,* lui a glissé Snappy. *Ce n'est pas ainsi qu'on se fait des amis.*

– Je crois qu'on a ce qu'il faut, Greg ! m'a annoncé Kelly. Avec cette vidéo, on a de quoi convaincre papa.

Je lui ai indiqué l'escalier d'un signe de tête.

– Dépêche-toi, va lui montrer !

Mais, à cet instant, Slappy a sauté devant elle et s'est emparé de l'appareil. Ses doigts se sont repliés dessus avec un craquement métallique.

– Hé ! a protesté ma sœur en essayant de reprendre le téléphone.

Manqué.

Slappy a reculé en riant.

– *Rends-le-leur, Slappy,* lui a dit son jumeau. *Ce n'est pas à toi. Un peu de respect pour les affaires des autres !*

Slappy a serré les poings en levant les yeux au ciel.

– *Pour la dernière fois, FERME-LA, SNAPPY ! Tu me déconcentres, espèce de débile !*

– *Les insultes ne m'atteignent pas,* a répliqué Snappy d'une voix chantante.

– *Et ça, ça t'atteint ?* a hurlé Slappy.

Et il a collé son poing dans la poitrine de Snappy.

– *Pas de bagarre ! Pas de bagarre !* a glapi l'autre.

Je n'en croyais pas mes yeux. Slappy est revenu à la charge, et ils ont commencé à se battre en frappant leurs ventres mous.

Puis, dans un concert de cris et d'insultes, ils se sont agrippés et se sont jetés par terre.

J'ai reculé d'un bond quand ils ont roulé sur le plancher. Coups de poing, coups de pied, coups de dents, ils étaient déchaînés.

– *Tu es MÉCHANT, Slappy. Tu as toujours été méchant avec moi !*

– Imbécile ! Tu resteras un guignol jusqu'à la fin de tes jours !

Kelly, à son tour, a bondi pour les éviter, tandis que Jamal restait immobile en haut des marches de l'escalier.

– Attention ! ai-je hurlé tout à coup.

Trop tard. Ils fonçaient à pleine vitesse sur la grande statue de porcelaine d'Edgar Allan Poe.

– Noooooon ! ai-je crié.

Ils ont percuté les jambes de la statue, qui a basculé. Dans un fracas assourdissant, elle a heurté le sol et explosé en mille morceaux.

Des éclats ont volé partout. Les marionnettes enchevêtrées ont cessé de se battre.

Alors que je fixais la précieuse sculpture de mon père éparpillée dans toute la pièce, j'ai entendu sa voix appeler d'en bas :

– Qu'est-ce qui se passe là-haut ? On dirait qu'il y a de la casse !

Avant que nous ayons pu lui répondre, mon père est apparu en haut de l'escalier.

10

Mon père a jailli dans le grenier d'un air paniqué.
– Que se passe-t-il, les enfants ?
Kelly, Jamal et moi n'avions pas fait un geste.
Sur le coup, mon père n'a pas remarqué l'absence de la statue. Mais, au bout de quelques pas, il a marché sur des débris de porcelaine. Alors il a baissé les yeux et lâché un grognement.
Il s'est accroupi pour ramasser quelques éclats.
– La statue de Poe ?
Il m'a regardé.
– Euh… eh bien…, ai-je bredouillé.
Je n'arrivais plus à trouver mes mots.
– Vous avez cassé la statue de Poe ?
La voix de mon père était bien plus aiguë que d'habitude. Il s'est relevé en laissant retomber les morceaux de porcelaine.
Jamal a été le premier à retrouver ses esprits :
– Ce n'est pas nous, monsieur Harrison.
– C'est vrai ! a confirmé Kelly.

– Alors qui a fait ça ? a demandé mon père d'un ton glacial. Des elfes ?

– Ce sont les marionnettes, papa, ai-je répondu. Je... j'ai fait une bêtise : je les ai laissées sortir de l'armoire vitrée. Elles ont commencé à se battre et... et... et elles ont renversé la statue.

Mon père m'a dévisagé un long moment, avant de se tourner vers la vitrine à l'autre bout du grenier.

– Oh, non, ai-je murmuré.

Les deux pantins se trouvaient dedans, allongés sagement sur le dos, les bras le long du corps.

– Non ! s'est écriée Kelly. Ce n'est pas possible !

Mon père a secoué la tête.

– Qu'est-ce que je vous ai appris, les enfants ? On doit assumer la responsabilité de ses actes.

Je n'arrivais pas à détacher les yeux des deux marionnettes rangées dans la vitrine, fixant le plafond d'un regard vide.

– Tu... tu dois nous croire, papa, ai-je balbutié. Je les ai laissées sortir. Celle qui s'appelle Slappy était en colère parce que tu voulais les séparer. Elle a dit qu'elle allait te mener la vie dure...

Mon père m'a fait taire d'un geste de la main.

– Tu ne manques pas d'imagination, Greg. Tu devrais noter tout ça. Avoue : ça fait partie d'un scénario que tu as commencé à écrire ?

– Mais, papa...

– Franchement, je suis épaté que tu sois capable d'improviser des histoires pareilles. Tu n'as même pas eu besoin de réfléchir. Vous cassez ma statue de Poe et, deux secondes plus tard, tu m'inventes une histoire pour vous sortir du pétrin. Je t'assure, c'est impressionnant.

– Il dit la vérité, monsieur Harrison, a affirmé Jamal.

Mon père lui a fait signe de ne pas s'en mêler.

– Je sais que tu es leur ami, Jamal, mais ce n'est pas une raison pour mentir.

Puis il a jeté un coup d'œil sur les pantins.

– Attends ! s'est écriée Kelly. J'ai une preuve, papa. Je peux te montrer que c'est vrai.

– Une preuve ? Ha ! Je voudrais bien voir ça.

Kelly a inspecté le plancher à la recherche de mon téléphone. Elle a fini par le retrouver au milieu des éclats de porcelaine.

– J'ai tout filmé, a-t-elle déclaré en brandissant l'appareil. Quand tu auras vu ça, tu nous croiras. Et tu nous demanderas pardon de ne pas nous avoir crus.

– D'accord. Montre-la-moi, ta « preuve », a dit mon père en croisant les bras.

Kelly a mis le téléphone devant les yeux de mon père. Même à l'autre bout de la pièce, je voyais que l'écran était complètement fissuré. Elle a appuyé sur le bouton d'accueil, mais l'écran est resté noir. Elle a appuyé de nouveau ; toujours rien.

Elle a secoué le portable… et la coque arrière est tombée.

– Il est complètement explosé, s'est-elle lamentée. Slappy l'a écrasé. Il… il est fichu.

Mon père pianotait sur une étagère d'un air irrité.

– Honnêtement, Kelly, comment ce téléphone s'est-il cassé ? Tu l'as fait tomber ?

Kelly a baissé les yeux sans répondre.

– C'est drôle, j'ai l'impression que cette preuve n'existe pas, a ajouté mon père.

Ma sœur a baissé le nez.

– Et si vous espérez mettre toutes vos bêtises sur le dos de ces marionnettes, je vous conseille d'arrêter immédiatement, a repris mon père.

– Mais, papa…

Il m'a fait taire en posant une main sur ma bouche.

– Stop.

– Mmmmm mmmppp mmmmmp, ai-je protesté.

– Racontez-moi encore une de vos histoires de marionnettes à dormir debout, et je ne vous prends plus dans mon film. Je suis sérieux. Ce sera tant pis pour vous. Promettez-moi que c'était la dernière fois.

– Promis, ai-je marmonné.

Que pouvais-je faire d'autre ? Je rêvais de participer à ce film. Kelly et Jamal aussi. Et je ne voulais pas que mon père nous prenne pour des menteurs. Je voulais qu'il nous croie.

En attendant, je devais empêcher ces pantins de lui faire du mal. Je devais me débrouiller pour qu'ils restent enfermés.

Alors j'ai cherché la clé… et étouffé un cri.

Elle dépassait de la poche de la veste de Slappy.

– Papa, regarde !

– J'en ai assez vu comme ça. Allez, tout le monde en bas !

Je l'ai suivi dans l'escalier en soupirant. Au bout de quelques marches, je me suis retourné et j'ai vu Slappy bouger. Il m'a fixé et m'a fait un clin d'œil en agitant la main.

11

Les marionnettes n'allaient pas en rester là. Elles ne voulaient pas que mon père les sépare. Elles continueraient à faire du grabuge, c'était certain.

Que mijotaient-elles contre lui ? Mystère. Allez savoir ce qui se passe dans la tête en bois d'un pantin ! En tout cas, nous devions le convaincre qu'il courait un danger. Nous devions à tout prix lui prouver que nous disions la vérité.

Ça n'allait pas être simple.

Au dîner, chaque fois que Kelly ou moi avons tenté de prononcer le mot « marionnette », mon père a mimé le geste de tirer une fermeture éclair sur sa bouche. Le mot était interdit.

Alors nous avons mangé sans enthousiasme notre salade macaronis-avocat, impuissants. Nous n'avions pas très faim. Comme j'avais un poids sur l'estomac et la gorge nouée, j'avais du mal à avaler mes bouchées.

On a fait l'effort de parler de la construction de notre drone, de l'école et d'autres choses. Mais ma sœur et moi n'avions qu'une chose en tête : les marionnettes.

Cette nuit-là, j'ai mis des heures à trouver le sommeil. Le plafond de ma chambre est bas et le grenier se trouve juste au-dessus. Notre maison est assez vieille, bâtie sur la pente d'une colline qui donne sur la vallée de Los Angeles, et elle est un peu penchée.

Au moindre craquement, au moindre grincement, je sursautais et je m'asseyais dans mon lit, sûr d'avoir entendu les deux pantins bouger en haut.

Au bout d'un moment, j'ai fourré la tête sous mon oreiller pour étouffer les bruits. Enfin, à minuit passé, j'ai dérivé dans un demi-sommeil.

Soudain, un bruit sourd contre la porte de ma chambre m'a fait me redresser brusquement, parfaitement réveillé.

– Il y a quelqu'un ? ai-je lancé.

Avant de me coucher, j'avais fait attention à bien refermer. Or quelqu'un venait de tourner la poignée. Lentement, la porte a commencé à s'entrouvrir.

– Oh, non…

Dans la lumière grisâtre du couloir, j'ai distingué les contours d'une tête de pantin.

Il a fait un pas dans ma chambre et j'ai pu le voir plus clairement. Son sourire hideux était figé dans une grimace. Ses yeux luisaient dans la pénombre.

– N-non ! ai-je bégayé.

J'ai serré les bras sur ma poitrine pour calmer les frissons qui me parcouraient.

La marionnette a encore avancé d'un pas. Et j'ai vu un deuxième visage identique derrière elle : sa jumelle. Elles glissaient lentement vers mon lit, comme au ralenti. Et elles souriaient, leurs yeux brillants comme des charbons ardents et malfaisants.

Elles tendaient les bras devant elles comme des somnambules. Comme si elles voulaient m'attraper. Leurs chaussures ne faisaient aucun bruit sur la moquette.

Soudain, derrière la porte, j'ai vu un troisième pantin. À son tour, il s'est faufilé dans ma chambre et a glissé tout droit vers mon lit, les bras tendus. Il était absolument identique aux deux autres.

Puis un quatrième est entré et les murmures ont commencé. Ils avançaient en silence telles des ombres, comme s'ils n'avaient pas de corps. Quatre paires d'yeux brillants… quatre sourires figés, maléfiques…

Ils murmuraient tous les quatre en même temps. Je n'avais jamais rien entendu d'aussi terrifiant de toute ma vie…

– *Je suis Slappy... Je suis Slappy... Je suis Slappy... Je suis Slappy...*

Huit mains de bois se sont tendues vers moi pour me saisir à la gorge.

J'ai ouvert grand la bouche et j'ai hurlé.

12

J'ai compris que c'était un cauchemar à l'instant où j'ai ouvert les yeux.

Mais j'avais beau le savoir, tout mon corps tremblait et je claquais des dents. J'ai scruté la pénombre grisâtre. Personne. Pas de marionnette glissant vers moi sur la moquette.

– Un cauchemar… Rien qu'un cauchemar idiot, ai-je murmuré, la voix chargée de sommeil.

En attendant, les pantins étaient toujours là, dans la maison. Toujours dotés de la parole. Toujours vivants. Toujours en colère contre mon père.

Cela, je ne l'avais pas rêvé. C'était un autre genre de cauchemar, un cauchemar *vivant*.

J'ai replié les bras autour de mes genoux pour m'empêcher de trembler. J'ai entendu un camion passer devant la maison et une rafale agiter les feuillages. Il y a souvent du vent ici, dans les collines.

J'ai pris quelques grandes inspirations pour apaiser les battements de mon cœur.

Soudain, j'ai perçu un autre bruit.

Un coup sourd, suivi d'un bruit sec, dans le couloir.

Ma porte était toujours fermée, comme je l'avais laissée.

J'ai tendu l'oreille en retenant mon souffle.

Encore un coup sourd. Puis des pas.

Oui. Des pas juste derrière la porte. Des pas lourds, qui se rapprochaient lentement.

Les marionnettes étaient là. Je les entendais parfaitement.

Elles étaient sorties de la vitrine et avaient descendu l'escalier. Maintenant, elles étaient dans le couloir toutes les deux… et elles allaient entrer.

Non. Elles n'ont pas le droit, ai-je pensé. *Je ne les laisserai pas faire. Je les en empêcherai. Et je montrerai leur vrai visage à papa.*

J'ai relâché mon souffle pour me donner du courage et bondi hors de mon lit. Mes jambes flageolaient et mes cheveux s'étaient dressés sur ma nuque. J'ai quand même avancé jusqu'à la porte.

Puis je l'ai ouverte brusquement et j'ai jailli dans le couloir.

La petite veilleuse jaune fixée près du sol projetait un léger cercle de lumière sur le mur. Et derrière, au milieu du couloir, je l'ai vue : la marionnette, tapie dans l'ombre…

Je me suis mis à courir et, avec un cri rauque, je me suis jeté sur elle pour la plaquer au sol.

13

– Greg ? À quoi tu *joues ?*

J'ai cligné des yeux. Il m'a fallu quelques secondes pour comprendre que je m'en étais pris à Kelly.

Nous étions étalés par terre, en pyjama. Je l'avais plaquée sur le ventre et je lui enfonçais la tête dans la moquette.

– Oh, wouah, ai-je murmuré. J'ai cru que…

Je me suis relevé tant bien que mal et j'ai aidé ma sœur à en faire autant.

Elle a lissé son bas de pyjama.

– Tu as complètement perdu la boule ? Tu n'as pas vu que c'était moi ?

– Comment j'aurais pu ? me suis-je écrié. Il fait noir et… et…

Elle a secoué vivement la tête. Sa tignasse blonde tout emmêlée lui tombait sur la figure.

– Aïe ! Je crois que tu m'as cassé une côte.

– Mais toi… qu'est-ce que tu fais là ? ai-je demandé.

– Il m'a semblé entendre des bruits.

– Au grenier ?

– Oui. À mon avis, ils s'agitent, là-haut.

– On le dit à papa ? ai-je suggéré.

Kelly a levé les yeux au ciel.

– Impossible. Tu te souviens de ce qu'il a menacé de faire si on lui en reparlait ? Tu veux être dans son film, oui ou non ? De toute façon, il ne nous croirait pas.

– Alors… que fait-on ? ai-je demandé.

Elle a posé un doigt sur ses lèvres, et nous avons tendu l'oreille. Plus un bruit ne venait du grenier. Les pantins étaient-ils éveillés ? Étaient-ils toujours dans la vitrine ? Ou se promenaient-ils quelque part dans la maison ?

– Ce… c'est insupportable, ai-je gémi. On vit avec deux monstres, deux créatures maléfiques, et on est les seuls à savoir qu'elles sont là.

Kelly a repoussé une mèche de cheveux de son visage.

– Celui qui s'appelle Snappy a l'air plutôt sympa.

– Qu'est-ce que ça change ? me suis-je écrié. C'est une *marionnette vivante !* Elle habite ici, avec nous ! Et papa nous prend pour des fous, ou des menteurs, ou je ne sais quoi.

Kelly a posé les yeux sur la porte du grenier.

– Allons voir là-haut.

– Quoi ? Tu es folle ?

– Il faut bien que papa comprenne ce qui se passe.

J'ai mis les poings sur les hanches.

– Et on s'y prend comment ? Ils ont déjà cassé mon téléphone !

– Et ta petite caméra ? Celle que papa t'a offerte pour ton anniversaire ?

J'ai filé la chercher dans ma chambre. Kelly avait du cran. Je me sentais un peu obligé de suivre son exemple.

Avais-je vraiment envie de monter au grenier en pleine nuit ? En vérité, j'aurais préféré plonger la tête dans la gueule d'un alligator.

Mais je ne pouvais pas me montrer lâche devant ma sœur en la laissant monter là-haut toute seule.

C'est ma seule excuse pour avoir fait quelque chose d'aussi idiot. Évidemment, je l'ai regretté à la seconde où je suis entré dans l'obscur musée des Horreurs.

Alors que je tâtonnais à la recherche de l'interrupteur, j'ai aperçu des yeux posés sur moi partout dans la petite pièce. C'étaient ceux de toutes les créatures exposées là : les têtes de loups-garous, les masques de monstres, une sculpture de vampire grandeur nature, des chauves-souris dont les pupilles rouge vif brillaient dans le noir…

Enfin, j'ai réussi à allumer. Les lampes ont grésillé, et nous avons pu y voir clairement. Même à la lumière, tous ces monstres restaient effrayants. Ils semblaient nous surveiller… nous guetter, prêts à bondir sur nous.

Bon, je me laissais peut-être un peu entraîner par mon imagination.

Mais tout de même… si les deux pantins pouvaient s'animer, les *autres* ne pouvaient-ils pas en faire autant ? Se mettre à marcher, à grogner, à parler et… nous attaquer ?

Soudain, la caméra a failli me glisser des mains, et je me suis rendu compte qu'elles étaient moites et glacées. J'ai plaqué l'appareil fermement contre ma poitrine et je suis passé devant ma sœur pour avancer entre les vitrines.

– Tiens-toi prêt à filmer, m'a soufflé Kelly.

Elle marchait juste derrière moi, si proche qu'elle butait contre mes talons tous les deux pas.

Docilement, j'ai levé la caméra. Nous nous sommes arrêtés à moins d'un mètre de la vitrine des marionnettes.

Elle était vide.

– I-ils sont partis, ai-je balbutié.

Mais, avant que j'aie pu en dire plus, une main s'est abattue sur mon épaule et des doigts durs se sont enfoncés dans ma chair.

Kelly et moi avons poussé des cris de terreur à faire trembler les murs du grenier.

14

Mes jambes m'ont lâché et j'ai dû me rattraper à la vitrine pour ne pas tomber. Les doigts durs s'enfonçaient toujours plus dans mon épaule.

Faisant volte-face, je suis tombé nez à nez avec le visage tout sourire du pantin. Ses yeux verts brillaient d'excitation. Sa main serrait toujours plus fort.

– *Fini de jouer, les enfants !* a-t-il lancé de sa petite voix grinçante. *Faisons un VRAI film d'horreur !*

Puis, la tête rejetée en arrière, il est parti de son rire affreux.

Réussissant enfin à me dégager, j'ai reculé jusqu'au mur en frottant mon épaule meurtrie.

À cet instant, j'ai vu l'autre pantin, debout contre le mur.

– *Slappy, il faut que cela reste un jeu,* a-t-il objecté. *Pourquoi ne peux-tu jamais t'entendre avec les autres ?*

Slappy l'a foudroyé du regard.

– *Ferme ta bouche en bois, ou je te martèle la tête comme un pic-vert !*

Snappy a secoué tristement la tête sans répondre.

Tout à coup, Slappy m'a sauté dessus. Il m'a arraché la caméra des mains pour la diriger sur ma sœur et moi.

– *Bien... Maintenant, criez ! De toutes vos forces !*

Alors nous avons hurlé. Avec un peu de chance, nos cris allaient réveiller mon père !

– Pourquoi tu fais ça ? a crié Kelly à Slappy. Pourquoi ?

Il s'est contenté de rire de plus belle en levant la tête vers le plafond. Puis il lui a mis la caméra dans les mains.

– *Maintenant, filme-moi en gros plan, de face. Et choisis la BONNE ! Hahahaha !*

Les mains tremblantes, Kelly a pointé la caméra vers lui.

– *Tu sais que j'en ai deux ?* a grincé Slappy. *Je suis à double face ! Et je ne les perds jamais ! Hahahaha !*

– *C'est une blague ?* a demandé Snappy.

– *C'est TOI, la blague,* a riposté Slappy.

Puis, se tournant de nouveau vers ma sœur :

– *Toi, continue de filmer. Allez ! Vous savez quel titre je vais donner à mon histoire ?* Le Garçon dans le cercueil de verre. *Accrocheur, non ?*

Sans prévenir, il s'est précipité sur moi, m'a saisi par la taille et m'a soulevé comme si je ne pesais pas plus lourd qu'une plume.

– Lâche-moi ! ai-je protesté. Repose-moi tout de suite !

Je donnais des coups de poing et de pied dans tous les sens, sans réussir à l'atteindre.

– *Snappy, viens par ici,* a ordonné Slappy. *Ne reste pas planté là comme une planche de bois. Tiens-lui les jambes. Allez, aide-moi !*

Snappy s'est avancé en soupirant, m'a pris les jambes et les a bloquées fermement.

– Lâchez-moi ! ai-je répété. Qu'est-ce que vous faites ?

Je me tortillais comme un fou, mais ils étaient plus forts que moi. Ils m'ont transporté jusqu'à la vitrine ouverte.

– *Tu filmes, j'espère !* a lancé Slappy à Kelly. *C'est FANTASTIQUE ! Quelle scène mortelle ! Ce serait bête de manquer ça !*

– *Sois gentil, Slappy,* a dit doucement son frère. *Ne lui fais pas de mal.*

– *C'est à toi que je vais faire du mal si tu gâches cette scène explosive !*

Puis ils m'ont soulevé par-dessus la vitrine pour me jeter dedans.

– Non ! Arrêtez ! ai-je gémi.

Vite, ils ont rabattu le couvercle sur moi.

– Vous n'avez pas le droit ! Laissez-moi sortir ! ai-je crié en frappant contre le verre.

Slappy s'est approché de la serrure. J'ai entendu un déclic et il a jeté la clé.

J'ai continué à crier en martelant le verre.

Je me sentais devenir tout rouge et j'avais l'impression que mon cœur était coincé dans ma gorge.

De l'autre côté de la vitrine, ma sœur, pétrifiée, tenait toujours devant elle la petite caméra.

– *J'adore !* s'est réjoui Slappy. *Fais-nous sentir ta peur, Greg ! Oui, c'est bien ! Beaucoup d'émotion ! Bon, à toi, Kelly ! Crie ! Plus fort ! Qu'on y croie ! Ah, ça mérite un Oscar ! Vas-y, Greg, continue ! Tu es écarlate, maintenant. Excellent ! J'adore. J'aime cette panique. Allez, allez, on ne lâche rien ! Hahahahaha !*

15

À bout de souffle, j'ai arrêté de cogner contre la vitre. Mon cœur battait à toute vitesse. La sueur dégoulinait sur mon visage. Il faisait de plus en plus chaud dans la vitrine. Pourtant, des frissons glacés me parcouraient le dos.

Kelly a enfin baissé la petite caméra et s'est tournée vers Slappy, les yeux écarquillés par la peur.

– Pourquoi fais-tu ça ? lui a-t-elle demandé d'une voix tremblante.

– *Parce que je peux faire tout ce que je veux !* a répliqué la marionnette. *Tu as oublié ? Je suis le grand Slappy !*

– *Ce n'est pas bien de se vanter,* l'a gentiment réprimandé son jumeau.

Slappy l'a poussé à deux mains.

– *Je vais essayer de faire des efforts, Snappy. Y a-t-il une manière polie de te demander de fermer ton clapet ?*

– *Tu es blessant,* a répondu Snappy.

L'autre a éclaté de rire, avant de reprendre :

– *Ton père aime les films d'horreur, n'est-ce pas, Kelly ? On va voir ce qu'il pense de CELUI-CI !*

– Libère mon frère ! s'est écriée ma sœur.

– *Je vais surtout détruire votre père. Pour commencer, nous allons lui faire peur. Puis nous détruirons son film. Et enfin nous détruirons sa VIE ! S'il s'imagine qu'il va nous vendre à deux collectionneurs différents... Ha ! Monsieur Harrison le Grand Cinéaste va payer cette idée très cher !*

– Mais... Snappy et toi, vous ne vous *supportez* même pas ! a remarqué Kelly.

– *C'est TOI que je ne supporte pas !* a grondé Slappy.

– Sauve-toi, Kelly ! ai-je lancé. Va chercher papa !

Mais elle ne m'a pas entendu.

Au lieu d'aller vers l'escalier, elle a fondu sur Slappy. Elle a pris sa tête en bois entre ses mains et essayé de la cogner par terre.

Mais il a réussi à se dégager et a riposté aussitôt par un coup de boule.

Ma sœur est tombée à genoux en gémissant. Slappy est revenu à la charge avec un coup de pied vicieux. Cette fois, Kelly l'a esquivé, et le pantin lui a à peine effleuré l'épaule.

Enfin, elle a réussi à lui attraper la jambe. Elle a tiré d'un mouvement sec... et Slappy s'est affalé par terre.

Snappy se contentait d'assister à la scène sans bouger, à moitié caché derrière une vitrine. De mon côté, je faisais de grands gestes pour dire à ma sœur de filer chercher mon père.

Soudain, à ma grande surprise, elle a réussi. Les jambes de Slappy s'étaient emmêlées et il se tortillait dans tous les sens, incapable de se relever. Kelly l'a enjambé d'un bond et a foncé vers l'escalier.

– *Reviens !* a-t-il lancé. *La scène n'est pas terminée ! L'horreur ne fait que commencer. Hahaha !*

Ma sœur a disparu dans l'escalier.

Il y avait de moins en moins d'air à l'intérieur de cette vitrine. Toute une paroi était déjà recouverte de buée. J'étais trempé de sueur froide.

Roulé en boule contre la vitre, j'ai attendu l'arrivée de mon père.

Les deux marionnettes, debout contre le mur, ne s'intéressaient plus du tout à moi. Elles se criaient dessus, maintenant, et faisaient voler leurs gros poings au-dessus de leurs têtes.

Dépêche-toi, papa. Par pitié, pensais-je. *Je vais étouffer. S'il te plaît, fais vite.*

Enfin, des pas ont résonné dans l'escalier et ma sœur a jailli dans le grenier. Derrière elle, mon père, à moitié endormi, avançait lentement en triturant la ceinture de son peignoir.

Quand il m'a vu dans la vitrine, il s'est figé, les yeux écarquillés.

– Tu nous crois, maintenant ? lui a demandé Kelly.

16

Mon père n'a pas bougé. Il se disait peut-être qu'il était en train de rêver.

– Mais qu'est-ce qui se passe ici ? a-t-il fini par marmonner.

Puis il a baissé les yeux et reculé d'un pas.

Il fixait les marionnettes, affalées en tas contre le mur du fond. Il en a poussé une du bout de l'orteil. Elle a glissé mollement contre le mur.

– Alors, tu vois ? a repris Kelly. Regarde ce qu'ils ont fait à Greg ! Tu nous crois, cette fois ?

Mon père s'est gratté la barbe.

– Franchement, les enfants, vous comptiez vraiment me rouler comme ça ?

Ma sœur est restée bouche bée.

– Hein ?

– Vous espériez me faire croire que ces pantins ont enfermé Greg dans la vitrine ? Enfin, Kelly, ce ne sont que des bouts de bois.

– Mais, papa…

– Si vous vouliez être crédibles, vous auriez pu vous débrouiller pour les faire tenir debout ! Mais les laisser en tas par terre, franchement... Enfin, sortons ton frère de là avant qu'il suffoque. Où est la clé ?

Kelly a cligné des yeux.

– Je ne sais pas. Slappy l'a jetée à travers le grenier.

– Maintenant, ça SUFFIT !

Ma sœur a sursauté. Comme mon père est quelqu'un de très calme, c'est toujours un choc quand il élève la voix.

– J'en ai vraiment assez de vos histoires ! a-t-il repris. Trouve-moi cette clé, et vite.

Tandis que Kelly cherchait la clé à quatre pattes, mon père s'est approché de moi.

– Tu vas bien ? m'a-t-il demandé. C'était vraiment idiot de faire ça. Enfin, Greg, vous êtes intelligents, pourtant ! Quelle idée de me jouer cette comédie stupide !

Ça n'a rien d'une comédie, ai-je pensé. *Ces marionnettes sont dangereuses !*

Mais comment le prévenir ?

– Trouvé ! s'est exclamée Kelly qui arrivait en courant, la clé à la main.

Quelques secondes plus tard, j'étais sorti de ma cage de verre, les jambes tremblantes, couvert de transpiration. Ma poitrine se soulevait et s'abaissait comme un accordéon.

Mon père a posé sa main sur mon épaule.

– Maintenant, promettez-moi d'arrêter ce genre de pitreries, les enfants.

Kelly a serré les mâchoires, ce qu'elle fait seulement lorsqu'elle est absolument furieuse.

– Ce n'était pas une pitrerie ! a-t-elle répliqué en lui tendant ma caméra. On a tout filmé. Regarde ! Ensuite, c'est toi qui nous feras des excuses !

Mon père a retourné l'appareil, appuyé sur un bouton et fixé l'écran.

Au bout de quelques instants, il a relevé la tête.

– C'est vide. Il n'y a rien du tout.

Kelly a poussé un cri d'horreur en se frappant le front.

– C'est pas vrai ! s'est-elle écriée. Greg, tu as oublié d'appuyer sur « Enregistrer » ?

Eh oui. J'avais oublié. Quel crétin !

Mon père a glissé la caméra dans la poche de son peignoir.

– Vous m'aviez promis de ne pas recommencer avec ces histoires. Vous vous souvenez ?

– Mais…

– Désolé, les enfants, mais vous ne me laissez pas le choix. Je vous avais prévenus. Vous ne jouerez pas dans mon film. Je vous laisse expliquer ça à votre ami Jamal.

Quelques minutes plus tard, je me glissais de nouveau dans mon lit. Malgré la chaleur, j'ai remonté la couverture jusqu'à mon menton. Mon corps était toujours secoué de tremblements et mon cerveau continuait de bouillir, plein de colère et de pensées angoissantes.

Il pense qu'on se conduit comme des imbéciles.

Et maintenant on n'a plus le droit de jouer dans son film.

J'ai balancé un grand coup de poing dans mon oreiller. J'avais besoin de me défouler.

Tout de suite après, j'ai entendu des bruits, qui me parvenaient du dehors par la fenêtre ouverte.

J'ai tendu l'oreille. On aurait dit des petits rires aigus, un peu idiots.

J'ai filé à la fenêtre et scruté le jardin, illuminé par le clair de lune. Ils étaient là.

Au milieu de la pelouse, les deux pantins se tortillaient et virevoltaient au clair de lune en frappant des mains dans une danse sauvage.

Ils avaient l'air de fêter leur victoire sur ma sœur et moi.

Après les avoir observés quelques secondes, je me suis précipité dans le couloir.

Je suis tombé sur mon père, qui allait se coucher, un verre de jus de fruit à la main.

– Papa ! ai-je crié. Vite ! Viens voir !

Avec de grands gestes, je lui ai fait signe de me suivre.

Comme il hésitait, je l'ai saisi par le bras, manquant de lui faire renverser son jus, et je l'ai tiré jusqu'à la fenêtre de ma chambre.

– Regarde !

Puis je me suis tourné vers le jardin pour regarder dehors.

Les marionnettes n'étaient plus là.

17

Le lendemain était un samedi. Quand nous sommes descendus prendre le petit-déjeuner, mon père était déjà à la cuisine, tout habillé. Nous n'arrêtions pas de bâiller tous les deux. Je n'avais pas beaucoup dormi, et, à mon avis, Kelly non plus.

– Écoute, papa..., ai-je commencé.

Mais il a levé la main pour me faire taire.

– Je n'ai pas le temps de discuter avec vous ce matin. J'attends quelqu'un pour un rendez-vous très important. J'ai demandé à Lucy de vous servir le petit-déjeuner sur la terrasse.

Lucy est notre baby-sitter. Elle loge dans notre dépendance, derrière la piscine.

– Un rendez-vous avec qui ? ai-je demandé en bâillant de nouveau.

– Simon Benedict, le producteur de mes quatre derniers films. Vous comprenez ce que ça veut dire ? C'est lui qui tient les cordons de la bourse. Il finance tout.

– Alors tu veux l'épater ? a questionné Kelly en faisant tourner sa fourchette entre ses doigts.

Mon père la lui a prise pour la reposer sur la serviette.

– Je n'ai pas besoin d'épater Simon. On se connaît depuis longtemps, et je lui ai déjà fait gagner beaucoup d'argent. Mais je veille quand même à me faire bien voir, a-t-il ajouté avec un clin d'œil.

Ma sœur et moi, nous sommes sortis.

– Je te parie que papa veut impressionner ce type, même s'il dit le contraire, m'a chuchoté Kelly. Il n'invite *jamais* personne pour le petit-déjeuner.

C'était une belle matinée chaude et sans nuage, typiquement californienne. Les arbres frémissaient sur les collines et le vent transportait le parfum des fleurs. L'eau de la piscine scintillait sous le soleil.

Planté au milieu de la terrasse, un écureuil nous a regardés fixement. Puis il a glissé un coup d'œil sur une noisette posée sur une chaise longue. Elle avait dû tomber d'un de nos noisetiers.

Soudain, il m'a semblé percevoir un mouvement et je me suis retourné. Il y avait une mince ombre bleu noir à l'angle de la maison.

– Regarde, ai-je chuchoté en attrapant Kelly par l'épaule.

C'étaient les pantins. Ils nous épiaient, plaqués contre le mur.

– C'est pas vrai ! ai-je marmonné.

Alors que Kelly ouvrait la bouche pour me répondre, Slappy nous a fait signe de les rejoindre.

Nous avons hésité. Mais nous ne pouvions pas les ignorer. Nous devions découvrir ce qu'ils tramaient.

J'ai cherché Lucy des yeux. Les avait-elle vus, elle aussi ?

Non. Après avoir posé notre petit-déjeuner sur la table, elle était rentrée dans la maison.

Nous nous sommes dirigés vers les pantins. Lorsque nous sommes arrivés à leur niveau, ils nous ont pris par le bras pour nous entraîner sur le côté, à l'abri des regards.

– Qu'est-ce que vous faites là ? ai-je demandé en dégageant mon bras. Qu'est-ce que vous attendez de nous ?

– *Vous voulez qu'on parte ?* a répondu Slappy de sa voix grinçante, ses yeux verts étincelant dans le soleil. *Vous voulez qu'on disparaisse tous les deux ? Parfait ! Je vais vous dire comment faire.*

18

– C’est encore une blague ? a grommelé Kelly.

– *Pas du tout. Je suis très sérieux,* a assuré Slappy.

Les mouvements de sa bouche faisaient cliqueter sa mâchoire quand il parlait.

– *Je vous demande de faire une chose pour moi*, a-t-il repris. *Ensuite, mon frère et moi, on s’en va. Vous n’aurez jamais plus affaire à nous.*

Kelly et moi les regardions, muets. Mon cerveau tournait à toute allure. Y avait-il vraiment moyen de se débarrasser de ces deux nuisibles ?

– Si on fait ce que vous demandez… vous partirez pour de bon ? a questionné Kelly.

Les deux marionnettes ont fait oui de la tête.

– *On a trop hâte,* a ajouté Slappy. *On vous a assez vus.*

– Mais vous avez dit que vous vouliez vous venger de notre père, a insisté Kelly.

– *Oublions tout ça. Vous devez juste nous rendre un service, un seul, et on disparaît. Parole d’honneur.*

Slappy a levé la main droite.

J'ai échangé un regard avec Kelly, qui se posait clairement la même question que moi : quelle horreur voulaient-ils nous faire faire ?

– *Alors, vous nous aidez ?* a demandé Slappy.

– *Il faut dire « s'il vous plaît »*, l'a corrigé Snappy.

– *Vous nous aidez ?* a répété Slappy sans s'occuper de lui.

– Ça dépend, ai-je répondu.

– *Ce n'est pas dangereux*, a-t-il assuré. *C'est une sorte de blague. Vous verrez, c'est très drôle. Mets ça dans ton oreille, Greg.*

Il m'a tendu un petit écouteur noir.

– *C'est à ton père*, a précisé Slappy. *Je le lui ai juste emprunté. Allez, vas-y, n'aie pas peur !*

Après avoir étudié l'objet d'un peu plus près, je l'ai enfoncé dans mon oreille.

– *Je vais te parler dans l'oreillette et tu m'entendras parfaitement,* a repris Slappy.

– Et qu'est-ce que je dois faire ?

– *Contente-toi de répéter tout ce que je dis. C'est si simple que même un guignol comme toi peut y arriver.*

– *Reste poli*, l'a grondé Snappy.

Slappy lui a asséné une bonne tape sur le crâne.

– *Et ça, c'est assez poli pour toi ?*

Kelly a secoué la tête.

– À mon avis, c'est une très mauvaise idée, a-t-elle lâché.

– *Ça ne fera de mal à personne, promis,* a répété Slappy. *L'invité de votre père est arrivé. Va lui dire bonjour, Greg. Ensuite, tu répéteras tout ce que je dis. TOUT, c'est bien compris ?*

– Et après ? ai-je demandé.

– *Après, Snappy et moi, on s'en va. Vous serez débarrassés de nous. Et vous aurez épargné beaucoup de problèmes à votre père.*

– C'est trop beau pour être vrai, a murmuré Kelly.

– Je vais le faire, lui ai-je répondu tout bas. Ça vaut le coup, si ça peut sauver papa de ces deux-là.

Je me suis tourné vers Slappy.

– C'est d'accord.

– *Bien !* a-t-il approuvé. *Mais souviens-toi : tu dois répéter tout ce que je dis sans rien oublier. Si tu ne suis pas mes instructions, Snappy et moi, on reste. Et crois-moi, ça risque de ne pas vous plaire.*

Je me suis mis en route vers la porte.

– Viens, Kelly.

Mais Slappy l'a retenue par le poignet.

– *Non. Elle, elle reste ici. Tu y vas tout seul.*

– Tu es certain de vouloir faire ça ? m'a demandé Kelly en essayant de se dégager.

J'avais la gorge nouée.

– Est-ce que j'ai le choix ?

19

Je suis entré dans la salle à manger. Mon père venait de s'installer à table avec M. Benedict et lui servait du jus d'orange dans un pichet argenté.

Simon Benedict portait un jean, un tee-shirt et une veste gris foncé. Sa tête chauve avait un peu la forme d'une ampoule. Son bronzage faisait ressortir ses yeux très bleus. Il portait un anneau à l'oreille et une barbe de trois jours.

Il a bu une gorgée de jus et m'a souri.

– Simon, je te présente mon fils, a dit mon père. Greg, tu as déjà fini ton petit-déjeuner ?

Avant que j'aie eu le temps de répondre, la voix de Slappy a résonné dans l'oreillette :

– *Répète après moi : Monsieur Benedict, est-ce une grosse verrue hideuse qui est posée sur vos épaules, ou s'agit-il de votre tête ?*

– Oh, ai-je grogné.

– *Répète*, m'a ordonné la petite voix.

– Monsieur Benedict, ai-je dit, est-ce une grosse verrue hideuse qui est posée sur vos épaules, ou s'agit-il de votre tête ?

Simon Benedict a cligné des paupières et pris un drôle d'air. Il devait se dire qu'il avait mal entendu.

– *Répète après moi*, a continué Slappy. *Est-ce votre nez, ou êtes-vous en train de manger un concombre ?*

– Est-ce votre nez, ou êtes-vous en train de manger un concombre ? ai-je répété.

Les joues de Benedict ont viré au rose.

– Tu ne m'avais pas dit que ton fils était un acteur, David.

– Je… je ne le savais pas non plus, a balbutié mon père. Greg… à quoi tu joues ?

– *Mon père dit que tout le monde vous surnomme « Fesses de morse ». C'est vrai ?* m'a dicté Slappy.

J'avais envie de vomir.

– *Tu veux sauver ton père, oui ou non ?* a repris le pantin. *Tu veux que je parte à jamais ? Alors répète*.

– Mon père dit que tout le monde vous surnomme « Fesses de morse ». C'est vrai ?

Mon père s'est levé si brusquement que sa chaise est tombée à la renverse.

– Je suis désolé, Simon. Greg n'a jamais fait ça. J'espère que tu voudras bien l'excuser. Ce n'est pas drôle du tout, Greg.

De nouveau, la voix de Slappy a bourdonné dans l'oreillette.

– *Il dit que votre QI correspond à votre pointure.*

– Il dit que votre QI correspond à votre pointure, ai-je répété.

J'avais l'impression que mon esprit flottait au-dessus de mon corps et que quelqu'un d'autre prononçait ces paroles à ma place.

– *Il dit que même les escrocs sont choqués par votre malhonnêteté.*

– Il dit que même les escrocs sont choqués par votre malhonnêteté.

– Greg ! Ça suffit ! a crié mon père.

Benedict s'était levé à son tour. Sa tête ressemblait à une ampoule toute rouge, maintenant, et il respirait fort.

– On se voit plus tard, David, a-t-il déclaré.

Puis il a gagné la porte en trois enjambées et il est sorti sans se retourner.

– Simon, attends… ! a lancé mon père.

Mais la porte s'était déjà refermée. Benedict était parti.

Mon père m'a saisi les épaules.

– Tu m'expliques, Greg ? Qu'est-ce qui *cloche* chez toi ? Pourquoi as-tu fait une chose pareille ?

Ma tête tournait. On aurait dit qu'un lutin faisait des montagnes russes dans mon ventre.

– Papa, ce… c'est les marionnettes, ai-je bégayé.

– NON ! a explosé mon père. Non, Greg. Ça suffit avec ça !

J'ai retiré mon oreillette.

– Slappy me disait tout ça en parlant là-dedans. Il m'a obligé à répéter.

Mon père m'a pris l'appareil des mains et l'a porté à son oreille. Évidemment, Slappy s'était tu.

– Je ne sais plus quoi faire de vous. Je suis perdu, a soupiré mon père.

– Les marionnettes sont sur la terrasse, ai-je dit. Demande à Kelly. Je n'invente rien.

Mon père s'est dirigé vers la porte de derrière et je l'ai suivi en courant.

Dehors, Kelly, assise à la table, attendait mon retour en tapant nerveusement du pied. À cet instant, Lucy est sortie de la dépendance avec une pile de serviettes de bain.

J'ai entraîné mon père vers le côté de la maison.

– Elles sont là, papa !

Mais elles n'y étaient plus.

Il a secoué la tête, et je me suis rendu compte qu'il était plus triste qu'énervé. Il devait penser que j'étais en train de devenir dingue.

– Kelly… où sont passés les pantins ? ai-je lancé.

Elle a haussé les épaules.

– Je ne sais pas. Ils m'ont dit de rester ici.

– Mais à quoi rime ce jeu stupide ? a tonné mon père. Qu'est-ce que vous espérez en tirer ? Je vais devoir vous punir, maintenant, Greg.

Je me suis mordu la lèvre.

– On ne joue pas, papa. On essaie de te *sauver*.

– Ha ! C'est la meilleure ! En insultant mon producteur ? En inventant des histoires de fou ? Vous me faites peur, Greg. Franchement, ta sœur et toi, vous me faites peur.

– Mais, papa…

– Pas un mot de plus… Suivez-moi. Maintenant.

Il est reparti vers la maison.

– On va où ?

– Suivez-moi, c'est tout.

Nous avons traversé la salle à manger, où les plats de son petit-déjeuner avec Benedict trônaient encore sur la table, intacts. Mon père a soupiré.

Nous sommes montés au grenier. Le soleil du matin entrait par les fenêtres, jetant de longs rais lumineux sur les vitrines.

Mon père s'est arrêté devant celle du fond.

– Regardez.

Les deux pantins y étaient rangés, étendus sur le dos, inanimés. Leurs jambes étaient repliées sous eux. Leurs bras pendaient le long de leur corps. Leurs grands yeux vides fixaient le plafond.

– Papa, écoute…

– Je n'ai pas le temps. Aidez-moi à descendre ces marionnettes. Une fourgonnette va passer pour les transporter au studio. Le tournage commence aujourd'hui. Et je suis sincèrement désolé que vous ne soyez pas des nôtres.

Il a déverrouillé la vitrine et nous avons sorti les pantins. Après avoir balancé Slappy sur mon épaule, j'ai suivi mon père vers l'escalier, très lentement.

Arrivé devant les marches, je me suis arrêté et j'ai attendu que mon père soit en bas. Puis j'ai soulevé la tête de Slappy et j'ai chuchoté :

– Tu m'avais promis ! Tu m'avais promis que si je faisais ce que tu demandais, tu disparaîtrais avec ton frère. Tu me l'avais juré !

Il a cligné des yeux et son sourire hideux a paru s'élargir.

– *Hahahahaha ! Je ne suis qu'un sale menteur !*

SLAPPY VOUS PARLE, LES AMIS

Hahaha. Quand je vous disais que Greg était un loser ! Il m'a cru ! Seul un guignol peut croire un autre guignol. En vérité, c'est lui qui a de la sciure de bois dans la tête ! Haha !

Au fond, je suis un gars honnête. Je dis *toujours* la vérité. Sauf si je trouve un bon mensonge ! Hahaha.

J'ai adoré le moment où il a traité Simon Benedict de « fesses de morse ». Hahaha ! J'espère qu'aucun morse dans la salle ne s'est vexé. Sinon, tant pis… Je n'ai aucun remords !

Bien. Revenons à l'histoire de Greg. Devinez quoi ? Les choses ne vont pas s'arranger pour lui.

Ça vous étonne ?

20

Cet après-midi-là, Kelly, Jamal et moi avons travaillé sur notre drone dans le garage. Les propulseurs étaient super difficiles à fixer. Jamal pensait qu'on n'avait pas les bonnes vis.

– Elles étaient dans le kit, pourtant, ai-je observé.

– Ça ne veut pas dire que ce sont les *bonnes*, a-t-il affirmé, le front plissé.

Kelly a poussé un soupir.

– Papa a dû commencer le tournage, à l'heure qu'il est. Je n'arrive pas à croire qu'on est en train de rater ça.

– Moi non plus, a dit Jamal. C'était ma seule chance de jouer dans un film !

Il a laissé tomber le propulseur par terre.

– Et il y a un autre truc auquel je n'arrive pas à croire.

– À la petite souris ?

– Haha, Greg, dis-moi quand je dois rire. Je n'arrive pas à croire que votre père doute de notre parole. Il nous prend vraiment pour d'énormes menteurs ?

– Eh oui, ai-je répondu. Mais honnêtement, à sa place, tu y croirais, toi, à notre histoire ? Elle est trop dingue pour être crédible.

– Tu as raison, a admis Kelly. Et on n'a pas réussi à lui fournir de preuves.

Jamal a secoué la tête, et une lourde mèche de cheveux noirs est tombée sur son front.

– N'empêche… ce n'est pas juste. Il ne vous fait pas confiance du tout…

– Il faut que tu comprennes une chose, ai-je répondu. Il travaille dans le cinéma. Les gens n'arrêtent pas de lui raconter des histoires de fou.

– D'accord, mais… nous, on voulait juste l'*aider !* s'est indigné Jamal. Ces pantins lui veulent du mal !

– Toi et moi, on le sait, ai-je expliqué. Mon père, lui, n'a aucune raison de nous croire !

– Et il refuse de nous écouter, maintenant, a grommelé Kelly en passant une hélice à Jamal. Allez. On doit terminer ce truc et le faire voler.

Il s'est penché pour ramasser une poignée de longues vis.

– Venez m'aider. J'ai besoin que vous la teniez pendant que je la fixe. Alors voyons…

Kelly et moi avons calé l'hélice sur le châssis.

Jamal a placé une vis dans un trou de l'hélice, puis l'a fixée sur le cadre.

– Euh… Peut-être que…, a-t-il marmonné.

Soudain, il s'est figé, les yeux écarquillés par la surprise.

– Hé, mais…, s'est-il écrié. Wouah ! C'est dingue !

J'ai suivi son regard, rivé sur le fond du garage.

– Hm… je ne vois rien.

– C'est bien le problème, a rétorqué Jamal. Moi non plus, je ne vois rien.

– De quoi tu parles ? lui a demandé Kelly.

– De la bouteille de gaz, a-t-il répondu. Où est-elle passée ? Elle n'est plus à sa place.

– Ohhh.

J'ai laissé échapper un gémissement. Puis j'ai balayé tout le garage du regard.

– Tu as raison, ai-je murmuré. Elle a disparu.

– Tu ne penses quand même pas que… ? m'a dit Kelly.

– Les marionnettes. Elles ont été chargées dans la fourgonnette pour être transportées au studio. Tu crois qu'elles ont pu l'emporter ?

Un frisson m'a parcouru de la tête aux pieds.

– Elles vont faire exploser le studio de votre père ! s'est écrié Jamal. Vous ne comprenez pas ? Il pourrait y avoir des *morts* ! On doit faire quelque chose !

21

– J'envoie un message à papa, ai-je dit en prenant mon téléphone.

Kelly a froncé les sourcils.

– Tu espères qu'il va te croire ?

– Sinon, je peux l'appeler pour lui expliquer.

– Il va te rire au nez, m'a objecté Jamal.

– Ou ça le mettra juste encore plus en colère contre nous, a ajouté Kelly. Il pensera que c'est *nous* qui avons mis la bouteille de gaz dans la fourgonnette. Il ne nous croira jamais.

– Il faudra bien, pourtant, a répliqué Jamal. On doit absolument le convaincre.

J'avais la bouche sèche comme du coton.

– Il pourrait être tué, ai-je dit d'une voix brisée. Beaucoup de gens risquent de mourir. Je dois essayer.

Ma main tremblait tellement que j'ai failli en lâcher mon téléphone. J'ai quand même réussi à le déverrouiller et j'ai tapé :

Il faut que je te parle. Urgent.

Puis j'ai attendu la réponse.

Et attendu.

Et attendu.

– Appelle-le, m'a dit Jamal.

Ce que j'ai fait.

Je suis tombé sur son répondeur : *Vous êtes bien sur la boîte vocale de David Harrison. Veuillez laisser un message.*

– Papa, où es-tu ? ai-je dit après le bip. Rappelle-nous. C'est hyper important.

– Il doit être sur le plateau, a supposé Kelly. Ils ont sans doute commencé à tourner. Il va être trop occupé pour consulter son téléphone.

– Allons au studio ! a lancé Jamal. On arrivera peut-être à le prévenir à temps.

– Ne dis pas « peut-être », l'ai-je repris en frissonnant.

– Mais on fait comment ? s'est inquiétée ma sœur. On ne peut pas aller à Burbank à pied !

– Prenons un taxi, ai-je suggéré. Vous avez de l'argent ?

– J'ai une appli de taxis sur mon téléphone, a dit Jamal. Mes parents me l'ont installée pour que je rentre à la maison après mes cours de violoncelle.

Alors il a commandé un taxi sur son portable.

– Il arrive dans sept minutes, nous a-t-il annoncé.

J'étais tellement nerveux que je sautillais sur place.

– Qu'est-ce qu'on fait en attendant ?

– On panique ? a proposé Kelly.

– Bonne idée. Ou alors…

J'ai rappelé mon père. De nouveau, je suis tombé directement sur sa messagerie.

J'ai envoyé un deuxième SMS.

Toujours pas de réponse.

Puis nous sommes allés attendre la voiture dehors. Presque dix minutes plus tard, une Toyota rouge est arrivée.

Le trajet depuis notre maison à Hollywood Hills jusqu'au bureau de mon père à Burbank dure environ une demi-heure. D'habitude, j'adore passer devant les studios Warner Bros et Disney. Mais ce jour-là, le paysage a défilé sans que je jette un seul coup d'œil à ce qui m'entourait.

Nous sommes restés muets pendant tout le chemin. Je n'ai pas cessé d'appeler mon père, en vain.

Nous avons indiqué au chauffeur le parking des Films de la Maison des Horreurs.

– C'est dans cette allée-là, ai-je indiqué. Il faut passer par le poste de sécurité.

La voiture s'est arrêtée et j'ai baissé ma vitre. Un gardien en uniforme bleu marine s'est penché vers nous. De longues mèches grises s'échappaient de sa casquette et ses yeux étaient cachés par des lunettes à verres épais qui brillaient au soleil.

Je ne l'avais jamais vu. Il devait être nouveau.

– Nous venons voir David Harrison, ai-je annoncé.

Il a sorti une longue liste.

– Ton nom ?

– Greg Harrison. Je suis son fils. Kelly est ma sœur, et voici notre ami Jamal.

Il a longuement étudié sa liste.

– Nous sommes assez pressés, ai-je précisé.

Il a levé les yeux vers moi.

– Vos noms ne figurent pas sur la liste.

– Je sais, ai-je répliqué, envahi par un sentiment de panique. Mais, comme je vous disais, c'est mon père.

Le gardien m'a fixé derrière ses grosses lunettes.

– Je ne peux laisser passer que les personnes dont le nom se trouve sur ma liste.

Là, tout à coup, je suis devenu dingue.

– Je suis son FILS ! ai-je crié. IL FAUT QUE JE VOIE MON PÈRE !

Le chauffeur a sursauté, visiblement surpris.

Le gardien a revérifié sa liste et pris son téléphone.

– Je vais essayer de le joindre. C'est quoi, ton nom, déjà ?

– Greg Harrison, ai-je répété, la mâchoire crispée.

Il a composé un numéro et patienté. Puis il s'est penché hors de sa guérite pour me dire :

– Ça ne répond pas.

Ma gorge s'est nouée.

– S'il vous plaît, vous ne pouvez pas nous laisser passer ?

– Désolé, je risquerais de perdre mon travail.

– Mais nous ne sommes que des enfants ! me suis-je écrié. Il faut que…

– Désolé. Je suis sincèrement navré.

22

Nous étions désespérés. Comme nous venions parfois avec mon père, Kelly et moi, tous les autres gardiens nous connaissaient. Je n'en revenais pas.

C'était un cauchemar. Nous étions si près du but !

Soudain, Jamal a eu une idée. Il s'est penché vers le chauffeur de taxi pour chuchoter :

– Demandez-lui si vous pouvez entrer juste pour faire demi-tour.

Au bout de quelques secondes, j'ai compris ce que Jamal avait en tête. Kelly s'est raidie à côté de moi. Elle aussi, elle avait deviné.

Le gardien nous a fait signe d'avancer.

Notre chauffeur a hoché la tête et démarré. Une fois à l'intérieur, il a décrit un grand cercle et s'est arrêté en arrivant devant les bureaux.

– Vite, descendez avant que le gardien ne vous voie !

Aussitôt, nous avons sauté hors de la voiture et nous sommes glissés discrètement dans le bâtiment.

– C'était facile ! s'est réjoui Jamal.

J'ai jeté un coup d'œil dans le couloir principal : personne en vue. Les locaux étaient très modernes, avec des murs bleu et jaune, des sculptures en bronze et des portes vitrées partout. La lumière du jour se déversait à l'intérieur par de grandes fenêtres.

– À gauche, ai-je chuchoté.

J'étais presque sûr de retrouver le chemin jusqu'au bureau de mon père, où j'espérais trouver Mme Kent, sa secrétaire. Elle saurait où se déroulait le tournage. Nous sommes partis au pas de course. Nos baskets crissaient sur le carrelage.

Nous sommes passés devant de grandes affiches de films réalisés par mon père. *Le Gorille de 400 kilos*... *Octo-Man contre les sœurs Tentacule*... *Le Monstre sorti de sous mon lit*...

– Ces films sont géniaux, a dit Jamal en ralentissant pour regarder l'affiche des *Mâchoires de la méduse*. Je n'ai pas vu celui-là.

Je lui ai donné une tape sur l'épaule.

– Ce n'est pas le moment. On doit trouver mon père, tu te rappelles ? À propos d'un petit souci avec une bouteille de gaz.

Nous avons pilé net quand deux hommes en jean et polo ont traversé le couloir devant nous. Ils parlaient en même temps en agitant des papiers. Ils ne nous ont même pas remarqués.

Je n'étais plus très sûr de nous emmener dans la bonne direction.

J'ai entendu des femmes rire dans un bureau sur notre gauche.

– Plus vite ! ai-je chuchoté.

Puis nous avons pris un tournant, et je me suis enfin senti en terrain connu. Devant nous se dressait la statue d'un Oscar doré de plus de deux mètres, d'où sortait un gros bras de gorille poilu. Voilà par quoi les visiteurs du studio étaient accueillis.

Le bureau de mon père se trouvait derrière. J'apercevais déjà sa grande porte vitrée au bout du couloir. J'ai continué en courant, Kelly et Jamal sur les talons.

J'ai poussé la porte et jailli dans la pièce. Mme Kent n'était pas là. Derrière son bureau, la porte de celui de mon père était ouverte.

Je suis allé passer la tête dans l'autre pièce. Elle était remplie de piles de documents, principalement des scénarios. De jeunes Greg et Kelly nous souriaient sur une photo accrochée au mur.

– Il faut qu'on fonce au plateau avant que les pantins ne fassent leur sale coup, ai-je déclaré.

– Mais comment on le trouve ? s'est inquiété Jamal.

– Attendez. Je crois que je sais. À mon avis, ils tournent dans le grand bâtiment qui ressemble à un hangar pour avions, juste derrière les bureaux.

Nous sommes repartis à fond de train, moi toujours devant. Il faut avouer que je ne cours pas souvent. Je ne fais partie d'aucune équipe de sport, je ne pratique pas le jogging et je ne cours pas pour le plaisir. Je commençais à manquer de souffle. J'avais mal aux jambes et un point de côté commençait à me tenailler.

Mais le temps pressait. Nous avons bifurqué dans un autre long corridor qui menait à l'arrière du bâtiment.

Huit ou neuf personnes assises autour d'une table dans une salle de conférence se sont retournées en nous voyant passer au pas de course.

– Que font ces enfants ici ? s'est exclamée une dame.

Je n'ai pas entendu la réponse. J'avais déjà poussé la porte de sortie et nous avons jailli dehors.

L'espèce de hangar bordeaux se dressait de l'autre côté d'un grand espace vide. Des hommes faisaient entrer une grande perche par la porte principale. Des gens discutaient à l'entrée, scripts à la main.

Devant nous se trouvaient deux rangées de caravanes blanches. On m'avait dit que chaque acteur avait la sienne pour se reposer entre deux scènes. Il y en avait aussi pour les maquilleurs, et même quelques-unes pour les techniciens.

On y est presque, ai-je pensé. *Dans quelques secondes, on sera sur le plateau, on pourra prévenir mon père, et peut-être sauver des vies.*

– Par là !

J'ai fait un signe à Kelly et Jamal. Ils étaient à bout de souffle, eux aussi, et ils observaient l'énorme bâtiment d'un air stressé.

Nous nous sommes élancés entre les rangées de caravanes.

– Hé ! Vous, là-bas… Stop !

J'ai sursauté et vu approcher deux gardiens de sécurité en uniforme.

– Le type du parking a dû les alerter, a chuchoté Jamal.

– Stop ! Arrêtez-vous, les enfants.

– Vous n'avez rien à faire ici !

Ils se sont mis à courir.

Vite, nous nous sommes glissés derrière deux caravanes.

Nous devions trouver mon père. Nous ne pouvions pas nous laisser attraper par ces gardiens.

Mon cerveau était en surchauffe. Je n'arrivais plus à réfléchir. De toute façon, je n'avais pas le temps.

Alors j'ai ouvert la porte d'une caravane et nous nous sommes engouffrés à l'intérieur.

23

Jamal a claqué la porte derrière lui.

Il faisait sombre dans la caravane. L'unique vitre était masquée par un store.

Y avait-il quelqu'un là-dedans avec nous ? Je n'entendais rien d'autre que nos respirations sifflantes. Mon cœur me semblait sur le point de lâcher et j'avais du mal à reprendre mon souffle.

Nous sommes restés immobiles dans l'obscurité, l'oreille aux aguets. Les gardiens sont passés en criant, mais le bruit de leurs bottes sur le pavé n'a pas tardé à s'éloigner.

Une fois sûr qu'ils étaient partis, j'ai cherché l'interrupteur à tâtons et j'ai allumé.

La caravane était déserte. Elle était meublée de deux fauteuils de metteur en scène, d'un mini réfrigérateur et d'une table basse sur laquelle étaient posés un pack de bouteilles d'eau, une assiette de cookies et un panier de fruits. Il y avait une boîte à pique-nique en métal rouge par terre, à côté d'une pile de livres.

– Oh, non ! a crié Kelly.

Je me suis retourné et je les ai vus, moi aussi : Slappy et Snappy.

Ils étaient suspendus à de gros crochets sur le mur. Leurs bras et leurs jambes pendaient mollement et ils avaient la tête baissée, de telle sorte qu'on voyait seulement la peinture brune qui figurait leurs cheveux.

– On a eu de la chance ! a déclaré Kelly. On arrivera peut-être à les faire parler.

Soudain, un accès de colère a fait bouillir mon sang dans mes veines et j'ai lâché un rugissement. Ces deux monstres étaient à notre merci.

J'ai fait trois enjambées, décroché le pantin de gauche et relevé sa tête pour regarder ses yeux. Verts : c'était Slappy.

Submergé par la colère, je me suis mis à le secouer de toutes mes forces.

– Où est la bouteille de gaz ? ai-je hurlé. Réponds ! PARLE !

Sa tête oscillait d'avant en arrière. Ses paupières de bois s'ouvraient et se fermaient mécaniquement. Ses pieds ballotaient dans tous les sens, décrivant une espèce de danse folle dans le vide au rythme de mes secousses.

– PARLE ! OÙ EST-ELLE ?

La tête de la marionnette continuait de s'agiter de manière désordonnée. Elle restait muette.

Kelly s'est avancée d'un bond. Elle a attrapé Slappy et l'a tourné pour le regarder bien en face.

– On sait que vous avez la bouteille et que vous mijotez quelque chose d'horrible, a-t-elle déclaré. Dis-nous où elle est.

Mais les yeux du pantin restaient vitreux et il gardait la bouche fermée.

Alors je l'ai pris par les jambes et je l'ai fait tournoyer à toute vitesse. Sa tête a résonné en heurtant la paroi de la caravane.

– DIS-LE ! ai-je crié.

Slappy restait inerte.

– Il ne parlera pas, a dit Jamal. Essayons avec l'autre.

Puis, prenant Snappy, il l'a fixé dans les yeux.

– Snappy, tu es le gentil frère. Toi, tu es raisonnable. Dis-nous où Slappy a caché la bouteille de gaz.

Silence. La marionnette pendait mollement entre les mains de Jamal, et ses pieds traînaient par terre.

– Allez, Snappy, a renchéri Kelly. Tu dois arrêter ton frère. Tu ne voudrais pas faire de mal à des innocents, si ?

Pas de réaction.

– Vous ne voulez pas que mon père vous sépare, et je le comprends très bien, a ajouté Kelly. Mais tu ne vas pas laisser Slappy faire sauter le plateau de tournage ?

Rien à faire. Les marionnettes ne réagissaient pas plus que de simples pantins. Pourtant, nous connaissions la vérité. Nous savions qu'elles parlaient et qu'elles avaient caché la bouteille de gaz dans les parages.

Poussé par la rage, la peur et la frustration, j'ai commencé à tordre le bras de Slappy.

– Alors, ça fait quoi, hein ? Comment tu te sens ? Ça fait mal ?

Kelly a posé sa main sur la mienne.

– Arrête, Greg. Ça ne sert à rien. Il faut qu'on trouve papa.

Soudain, un grincement nous a fait sursauter et la porte de la caravane a commencé à s'ouvrir. J'ai lâché Slappy, qui est tombé en tas à mes pieds.

Un rayon de soleil a inondé l'intérieur, s'élargissant à mesure que la porte s'ouvrait.

– Les gardiens ! Ils nous tiennent ! ai-je chuchoté.

24

Le jeune homme qui venait d'entrer n'avait rien d'un agent de sécurité. Sous une casquette de base-ball des Dodgers, des boucles de cheveux noirs encadraient son visage orné d'une barbe. Il portait des lunettes de soleil à monture argentée, un jean et une chemise de bûcheron en flanelle rouge et noir par-dessus un tee-shirt noir.

Il a retiré ses lunettes et nous a regardés d'un air stupéfait.

– Qui êtes-vous ? Que faites-vous là ?

Il parlait d'une voix douce, presque en murmurant.

– Mon père est David Harrison, le directeur du studio, ai-je déclaré. Vous l'avez vu ?

– Non. Je viens juste d'arriver. Mais vous n'avez pas répondu à ma deuxième question.

– C'est une longue histoire. Ces pantins…

– Et vous, vous êtes *qui ?* a interrompu Kelly. C'est votre caravane ?

– En quelque sorte, oui, a-t-il répondu. Je m'appelle Derek. Je suis le marionnettiste. Je manipule ces deux-là.

– Elles n'ont pas besoin de marionnettiste, a répliqué ma sœur. Elles parlent et elles marchent très bien toutes seules.

– Ha ! s'est exclamé Derek. Très drôle.

– Je suis sérieuse, a assuré Kelly, qui n'avait pas lâché Snappy.

– J'ai déjà vu des films d'horreur dans ce genre-là, a repris Derek. Vous connaissez la série des *Chucky* ? Vous êtes peut-être trop jeunes…

Il s'est penché pour ramasser Slappy.

– Mais ce ne sont pas des jouets. Il paraît qu'elles valent très cher.

J'ai agrippé le bras de Derek.

– Écoutez-moi. C'est difficile à croire, mais ces pantins sont vivants, et extrêmement dangereux.

– Merci de m'avoir prévenu, mec. Je serai prudent, m'a-t-il répondu avant d'éclater de rire.

J'ai soupiré.

– Vous n'auriez pas vu une bouteille de gaz par ici ?

– Non. Je vous l'ai dit, je viens d'arriver. Bon, les enfants, c'était sympa, mais j'ai du travail. J'ai rendez-vous sur le plateau à quatorze heures et je dois répéter avant.

Nous n'avions aucun moyen de convaincre Derek de la gravité de la situation.

Jamal a poussé la porte et sauté en bas des marches, suivi par Kelly.

J'allais les imiter quand j'ai vu Slappy relever la tête. Ses yeux verts ont cligné avant de se fixer sur moi. Il a ouvert la bouche et murmuré :

– *BOUUUM.*

25

Nous nous sommes faufilés entre les caravanes en jetant des coups d'œil de tous côtés, au cas où les gardiens reviendraient. Le soleil était haut dans le ciel et il n'y avait pas un souffle de vent. Des gouttes de sueur perlaient sur mon front et me coulaient dans les yeux.

– Wouah, stop ! ai-je chuchoté.

Devant le buffet dressé sur un côté du hangar, deux autres gardiens empilaient des sandwichs dans leurs assiettes.

Une voiturette de golf s'est arrêtée pour déposer trois jeunes femmes en costume pastel. Elles se sont adressées à un autre vigile posté devant la porte.

– On doit se débrouiller pour entrer, ai-je déclaré. Regardez, la lumière rouge est allumée. Ça indique qu'ils sont en train de tourner.

– Papa doit y être, alors, a déduit Kelly. Tu penses que les gardiens vont nous laisser passer ?

– On a peut-être une chance si on leur dit qui vous êtes ? a suggéré Jamal.

– Et qu'on précise qu'il s'agit d'une urgence, ai-je ajouté.

BOUUM !

Un bruit d'explosion m'a fait pousser un cri.

Mes jambes se sont dérobées sous moi et j'ai dû m'appuyer contre une caravane pour ne pas tomber.

J'ai mis quelques secondes à me rendre compte que ce n'était pas une explosion. Quelqu'un avait juste fait tomber d'un camion un énorme rouleau de câbles.

Le cœur battant, j'ai fait signe à Kelly et Jamal de me suivre. Les deux agents de sécurité étaient partis avec leurs sandwichs, et il restait seulement quelques personnes autour de l'accès au plateau.

– Prenez l'air naturel et entrez comme si vous étiez chez vous, nous a conseillé Jamal. Peut-être qu'on nous laissera passer.

– Il faut que ça marche ! s'est exclamée Kelly. On a déjà perdu beaucoup de temps et on ne sait pas combien il nous en reste. On doit se dépêcher.

Nous sommes passés devant la table du buffet. Nous n'étions plus qu'à quelques pas de la porte… quand une grande dame blonde vêtue d'une jupe noire et d'un haut bleu vif nous a barré la route.

– Que faites-vous là, les enfants ? Vous êtes les figurants que David a fait venir pour la scène de foule ?

– Bonjour, madame Kent.

J'avais tout de suite reconnu la secrétaire de mon père.

J'aurais pu répondre « oui », mais je ne voulais pas lui mentir. Je l'appréciais beaucoup.

– Nous… Nous devons voir mon père tout de suite, ai-je balbutié.

Elle a pointé le doigt sur le voyant rouge.

– Ils sont en train de tourner. L'accès au studio est interdit.

– Mais c'est une question de vie ou de mort ! s'est écriée Kelly.

Mme Kent a secoué la tête. Ses cheveux blonds coupés court étincelaient dans le soleil.

– C'est *vous* qui allez être en danger de mort si vous perturbez la scène de votre père.

À cet instant, le portable de Mme Kent a sonné.

– Désolée, les enfants, il faut que je décroche.

Puis, tout en répondant au téléphone, elle s'est éloignée de l'entrée.

– Allons-y ! ai-je crié.

Le gardien avait disparu. La lumière rouge était toujours allumée, mais nous n'avions pas le choix.

La porte à peine ouverte, un vacarme a explosé, si assourdissant que j'ai poussé un cri de douleur. C'était une sonnerie métallique, stridente, un peu comme l'alerte incendie du collège. Nous avions déclenché une alarme.

Kelly et Jamal sont entrés derrière moi.

Ébloui par la lumière des projecteurs qui baignait la salle, j'ai plissé les yeux et crié par-dessus la plainte stridente de l'alarme :

– Papa ! Où es-tu ? Papa ?

Il n'était pas là.

26

Aveuglé par les spots, j'ai mis une main en visière sur mon front.

– Papa ?

Mon regard s'est arrêté sur des acteurs réunis dans un décor de café. Ils étaient quatre, assis autour d'une table : des adolescents, deux garçons et deux filles. Ils se bouchaient les oreilles pour se protéger du vacarme.

Une femme nous a foudroyés du regard. Les membres de l'équipe se sont écartés de la caméra et des équipements de prise de son. Les gens secouaient la tête et se parlaient en criant.

Nous nous sommes faits tout petits près de la porte. C'était nous, les responsables de cette agitation. Nous avions interrompu la prise.

Mais ce que nous avions à dire à mon père était bien plus important.

Où était-il ?

Soudain, je l'ai vu surgir de derrière un spot. Il a traversé le plateau à grands pas en marchant droit sur nous. Mais il paraissait plus dérouté que furieux.

Enfin, quelqu'un a coupé l'alarme, et, pendant quelques secondes, un grand silence a régné sur le hangar. Puis tout le monde s'est mis à parler en même temps.

– Papa..., ai-je commencé quand il nous a rejoints.

Mais il ne m'a pas laissé le temps d'expliquer quoi que ce soit.

– Qu'est-ce que vous faites ici ? Vous avez gâché la première bonne prise de la journée. Je vous avais interdit de venir.

– On *devait* venir, ai-je crié d'une voix aiguë. Tu dois nous écouter, maintenant !

– Cette fois, il pourrait y avoir des victimes ! a ajouté Kelly.

Mon père s'est frappé le front.

– Ne me dites pas que vous avez inventé une nouvelle histoire de fous. *Pitié*, ne me parlez pas de ces marionnettes.

Jamal s'est éclairci la gorge.

– Vous devriez les laisser essayer, monsieur Harrison.

Mon père a secoué la tête.

– Ne me dites pas que vous avez gâché ma prise à cause d'elles.

J'ai posé une main sur son bras.

– On n'est pas fous. Et on n'est pas idiots. Ce n'est pas une blague ni une histoire inventée.

Mon père a dégagé son bras.

– Bon, d'accord. Je vous donne trente secondes. Ensuite, on aura une petite conversation au sujet de la punition qui va vous tomber dessus.

– Les marionnettes sont vivantes, papa, ai-je déclaré. Je te le jure. Et elles ont pris la bouteille de gaz dans le garage.

– Elles veulent détruire votre film, monsieur Harrison, a enchaîné Jamal. Elles vont faire exploser ce bâtiment. Il va y avoir des blessés, peut-être même des morts !

– C'est très sérieux ! a insisté Kelly.

Mon père, bras croisés, nous a dévisagés tour à tour en fronçant les sourcils.

– Admettons. Pourquoi voudraient-elles détruire mon plateau ?

– Elles ne veulent pas être vendues à des acheteurs différents et se retrouver séparées.

Mon père s'est gratté la barbe.

– Très bonne histoire pour un scénario de film d'horreur, a-t-il déclaré. Bien essayé, mais je n'en crois pas un mot. Et, vous trois, cette petite plaisanterie va vous coûter très cher. C'est moi qui ai pris la bouteille de gaz.

27

Les gens s'agitaient comme des fourmis dans l'immense hangar. Certains déplaçaient des spots et des micros. D'autres répétaient en petits groupes, discutaient ou flânaient en avalant des sandwichs ou du café.

Mais, après les paroles de mon père, tout a semblé se figer sous mes yeux dans un éclair de lumière blanche.

Je ne sais pas combien de temps j'ai passé à cligner des paupières en essayant de comprendre ce que je venais d'entendre… En essayant de remettre mon cerveau en marche.

Jamal a fini par briser le silence.

– C'est… C'est vous qui avez pris la bouteille ? a-t-il bredouillé.

– Oui ! Je l'ai déplacée derrière le garage, par sécurité.

Je continuais à battre des paupières. J'avais entendu parler de personnes en état de choc. À ce moment, je crois que j'ai compris ce qu'elles ressentent.

Mon père m'a regardé droit dans les yeux.

– Pas de marionnettes qui prennent vie, Greg. Pas de marionnettes qui complotent contre moi et veulent faire sauter mon studio. Tu comprends pourquoi je ne crois pas à ton histoire d'horreur ? Pourquoi je vous en veux de m'avoir pris pour un idiot ? D'avoir débarqué ici, d'avoir gâché ma scène avec cette histoire délirante ?

– Je… je…, ai-je bégayé.

J'ai cherché le soutien de Kelly et Jamal du regard, mais ils étaient aussi choqués que moi.

– Je ne vous comprends vraiment pas, tous les trois. Mais j'espère bien que vous me présenterez vos excuses quand je rentrerai ce soir.

– Tu vas faire quoi, maintenant ? ai-je demandé d'une petite voix.

– J'ai une voiture dehors. Je vais demander qu'on vous ramène à la maison, et vous n'en bougerez plus avant mon retour. Ensuite, nous allons avoir une longue conversation. Tu es concerné aussi, Jamal.

J'ai soupiré. OK. OK. Nous nous étions trompés au sujet de la bouteille de gaz. D'accord, *c'était* une histoire de fous. Mais nous avions raison à propos des pantins. Ils étaient vivants, et malfaisants. Et, surtout, ils en voulaient à mon père.

Nous avions raison et il se trompait.

Mais sur le chemin du retour, dans la grosse voiture noire où il nous avait fait monter, Kelly, Jamal et moi sommes tombés d'accord sur un point : nous ne pourrions jamais le convaincre de notre sincérité.

– Il ne nous fera plus confiance, a gémi ma sœur, les larmes aux yeux. Il se rappellera toujours cette histoire de marionnettes. Il ne voudra plus jamais nous croire.

– Et si on réussissait enfin à lui *prouver* qu'elles sont vivantes ? a demandé Jamal.

J'ai grogné, la tête entre les mains :

– On a déjà essayé un million de fois !

– Elles font les mortes dès que ça les arrange, a ajouté Kelly. On ne peut rien prouver. On est fichus. Fichus…

Nous avons passé le reste du trajet dans un sombre silence.

C'est horrible d'être pris pour un menteur par son père. Tandis que la voiture montait dans les collines pour nous ramener chez nous, j'avais du mal à retenir mes larmes. Je ne m'étais jamais senti aussi mal.

La voiture a franchi le muret de notre jardin pour tourner dans l'allée de gravier. Puis elle s'est arrêtée au bout du petit chemin qui mène à la porte d'entrée.

Je me suis penché pour remercier le chauffeur. Sa casquette m'empêchait de distinguer son visage.

– Bon après-midi, nous a-t-il lancé sans tourner la tête.

Le soleil était encore haut dans le ciel. Les massifs de fleurs aux couleurs éclatantes qui bordaient le chemin se balançaient doucement dans le vent.

J'ai soupiré et je me suis dirigé d'un pas lourd vers la maison.

– Voyons le bon côté des choses, a dit Jamal. Au moins, personne au studio ne mourra dans une explosion.

Comme j'ouvrais la bouche pour répondre, un bruit métallique m'a interrompu. Surpris, j'ai fait volte-face, et c'est alors que j'ai vu le coffre de la voiture s'ouvrir.

– Oh, non !

Les têtes de Slappy et Snappy en ont surgi.

Le chauffeur avait déjà commencé à partir en marche arrière. Les deux pantins se sont rués hors de la voiture. Ils ont atterri debout sur le gravier et rebondi comme des ressorts.

Puis ils ont titubé jusqu'à nous, tandis que la voiture disparaissait.

– Vous ne nous souhaitez pas la bienvenue ? a crié Slappy.

Il a rejeté la tête en arrière et ri de son rire grinçant.

– L'heure du VRAI spectacle d'horreur est arrivée !

28

Jamal restait bouche bée. Kelly a reculé d'un pas en balançant des petits coups de poings dans le vide, comme si elle se préparait pour un combat de boxe.

– Qu'est-ce que vous voulez ? ai-je lancé. Pourquoi vous nous avez suivis ?

– *On n'aime pas trop vous voir parler de nous à votre père !* a braillé Slappy. *D'ailleurs... on n'aime pas trop vous voir tout court. Hahaha !*

La main de bois de Snappy s'est abattue sur l'épaule de son frère.

– *Pourquoi toute cette haine, Slappy ? Tu dois apprendre à gérer ta colère.*

– *Tiens, voilà comment je la gère, ma colère !* a tonné Slappy.

Sans crier gare, il s'est rué sur moi et a sauté sur mon dos.

– Lâche-MOI ! ai-je hurlé.

Je me suis tortillé pour le faire tomber. Mais il s'agrippait, les bras autour de mon cou.

– Aïïïe ! ai-je crié.

Il s'était mis à me donner des coups de tête dans la nuque.

Alors je me suis penché brusquement en avant, j'ai tournoyé sur moi-même à toute vitesse, je me suis laissé tomber à genoux… mais j'avais beau faire, impossible de l'éjecter.

Kelly criait, tandis que Jamal restait pétrifié à côté d'elle.

Slappy m'a donné un nouveau coup de tête avant de projeter son poing dur dans ma figure.

– Alors, Greg ? s'est-il égosillé. C'est qui, le guignol, maintenant ?

Il m'a poussé violemment et je suis tombé en me cognant le front par terre. J'avais mal partout. Il m'a encore balancé un coup de poing dans la nuque.

– *Arrête, Slappy !* s'est écrié Snappy. *Tu sais que je suis contre la violence !*

À ma grande surprise, il a attrapé son frère par le col pour le tirer en arrière.

J'ai senti la main de Slappy se desserrer et, enfin, lâcher prise. Les marionnettes ont roulé ensemble sur la pelouse. Je me suis écarté, pris de vertige, la tête endolorie.

Les jumeaux se sont démêlés. Slappy s'est relevé et a envoyé une grosse bourrade à son frère.

– *Devine ce que je vais faire de toi cet hiver ?* lui a-t-il lancé. *Du petit bois, pour allumer un bon feu de cheminée !*

– *Assez, maintenant*, s'est plaint Snappy. *Tu sais que c'est un problème, d'avoir un caractère pareil ?*

– *Mon seul problème, c'est TOI, espèce de bout de bois vermoulu !*

Et, sans crier gare, il a envoyé un coup de poing dans la figure de son frère, qui a résonné avec un bruit sourd.

Snappy a titubé avant de s'étaler sur la pelouse. Il a poussé un long grognement et a secoué la tête, tout étourdi.

Kelly, Jamal et moi avons crié en voyant Slappy se jeter de nouveau sur lui et le bourrer de coups de pied avec ses lourdes chaussures de bois.

Esquivant le dernier coup, Snappy a réussi à se relever en chancelant. Puis il a jeté ses bras autour des épaules de Slappy et l'a entraîné au sol.

Stupéfaits, nous regardions les pantins se battre en roulant sur la pelouse avec des grognements de douleur et des cris de colère.

– Ils vont se massacrer ! s'est écrié Jamal.

Mais Snappy est parvenu à se libérer. Il s'est relevé, s'est secoué énergiquement et s'est sauvé le long du mur vers l'arrière de la maison.

Slappy s'est relevé à son tour en faisant cliqueter sa mâchoire.

– *Tu peux toujours essayer de t'enfuir, poule mouillée !* a-t-il crié. *Je vais te réduire en échardes !*

Et il s'est lancé à la poursuite de Snappy en brandissant le poing.

– Ils vont où ? s'est interrogée Kelly.

– Suivons-les, ai-je dit.

Et je me suis élancé derrière eux.

– On devrait peut-être appeler la police, a suggéré Jamal en courant à mes côtés.

– Hein ? Pour dire quoi ? Que deux marionnettes se battent dans le jardin ?

– Elles vont entrer dans le garage ! s'est écriée Kelly.

J'ai accéléré. Je me demandais bien comment tout cela allait finir.

À mon grand étonnement, les pantins sont passés devant sans s'arrêter. Ils ont continué en longeant le garage vers la petite cour qui se trouve derrière.

Slappy a enfin rattrapé Snappy et l'a forcé à se retourner pour le frapper au ventre. Snappy a riposté par un coup de boule.

Et ils ont remonté le mur du fond en se battant.

Haletant, je suis arrivé à leur niveau, et j'ai vu la grande bouteille de gaz dehors contre le mur.

– Le gaz ! ai-je repris d'une voix enrouée. N'approchez pas ! N'approchez pas !

Mais les jumeaux étaient trop occupés à se battre pour m'écouter.

– Oh, noooon ! a gémi ma sœur derrière moi.

Soudain, sans nous consulter, Kelly, Jamal et moi avons plongé derrière un buisson pour nous mettre à couvert. Nous savions ce qui allait arriver.

Les pantins criaient, frappaient, gesticulaient, et vacillaient… toujours plus près de la bouteille.

Tout à coup, nous avons hurlé en voyant Slappy saisir Snappy et le pousser violemment droit dessus.

J'ai fermé les yeux et retenu mon souffle.

Allait-elle exploser ?

29

Elle a explosé.

La bouteille a heurté lourdement le sol avec un grand bruit métallique. Puis j'ai entendu un petit crépitement, comme du tonnerre au loin.

Puis le tonnerre s'est rapproché. Il était même au-dessus de nos têtes et, juste après, tout autour de nous. Un *BOUUUMM* assourdissant a fait trembler le sol et le buisson devant nous.

Quand j'ai rouvert les yeux, un rideau de flammes léchait le mur du garage comme une vague géante. Une puissante onde de chaleur m'a frappé le visage. Elle m'a repoussé en arrière et projeté au sol avant de passer au-dessus de moi en rugissant, noyant mes cris d'horreur.

Puis le garage a explosé. Le toit s'est envolé et les murs se sont écroulés. Alors que des pans du toit fusaient et tournoyaient dans le ciel, des cris aigus ont retenti.

Les pantins, catapultés dans les airs, poussaient de longues plaintes stridentes. Leurs bras et leurs jambes brassaient le vide comme s'ils essayaient de nager.

L'un d'eux a volé au loin. À travers les flammes, je l'ai vu descendre en piqué sur les arbres en bas de la colline avant de disparaître.

L'autre a atterri sur la pelouse avec un bruit sourd. Il a rebondi deux fois, puis s'est immobilisé.

– Le garage brûle !

La voix de ma sœur m'a sorti de ma stupeur.

Je sentais toujours la violente chaleur de l'explosion sur mon visage.

– Ça va ? ai-je demandé à Kelly et Jamal.

Ma sœur avait les joues écarlates et les cheveux en bataille. Jamal a retiré un morceau de bois de ses cheveux en battant des paupières.

Les flammes dansaient sur les débris du garage effondré. Les outils de jardinage étaient éparpillés sur la pelouse. Une brouette flottait dans la piscine. Le feu crachait et crépitait.

– Il faut appeler les pompiers ! ai-je crié.

Puis, tournant la tête vers la maison, j'ai étouffé un cri de surprise.

Mon père était là, dans l'allée.

Les flammes se reflétaient dans ses yeux sombres. Je ne l'avais jamais vu aussi en colère.

– Papa… Tu *dois* nous croire.

30

Mon père s'est précipité vers nous.

– Vous allez bien ? Vous n'êtes pas blessés ?

– Non, ça va, ai-je répondu.

– On est juste un peu secoués, a ajouté Jamal.

Kelly s'est frotté les joues.

– J'ai l'impression d'avoir pris un énorme coup de soleil.

– Ah, ouf ! a dit mon père.

Il nous a serrés tous les trois dans ses bras, puis il a pris son téléphone.

– J'appelle les pompiers.

Pendant qu'il leur parlait, les flammes crépitaient derrière nous et des poutres se sont effondrées avec un grand craquement.

Quand mon père a rangé son téléphone dans sa poche, j'ai pris une grande inspiration.

– Papa, je sais que c'est délirant. Mais on n'a pas fait exploser le garage. Les marionnettes…

– Je sais.

– Quoi ? s'est écriée Kelly.

– Je *sais* que c'est la faute des marionnettes.

Nous l'avons dévisagé, ahuris, et j'ai lâché un long soupir de soulagement.

– J'ai décidé de vous suivre jusqu'à la maison, a repris mon père. Vous m'inquiétiez avec toutes vos histoires de pantins. J'avais l'impression que vous vous étiez perdus dans une sorte de monde fantastique. En arrivant, j'ai vu les marionnettes en train de se battre. Bref, j'ai compris que j'avais eu tort. J'ai agi comme un idiot. J'aurais dû vous croire dès le début, les enfants.

À cet instant, des sirènes ont résonné au loin. Les camions de pompiers arrivaient.

Les flammes étaient un peu moins hautes. De gros nuages de fumée noire s'élevaient des poutres en train de se consumer.

– J'ai vu les pantins se battre à mort, a repris mon père à mi-voix. J'étais trop choqué pour essayer de les arrêter. Et je n'ai pas pensé une seconde qu'ils risquaient de réduire le garage en cendres.

– On a essayé de vous prévenir..., a insisté Jamal.

Mon père a hoché la tête.

– Oui, je sais. Je vous dois un million d'excuses. Vraiment.

Puis son visage s'est éclairé.

– Mais ne vous inquiétez pas. Je vais m'occuper de ces deux marionnettes maléfiques... et tout de suite !

– Il y en a une qui s'est envolée dans l'explosion, ai-je signalé.

– Je l'ai vue. Bon vent. Je n'ai plus qu'à nous débarrasser de celle-ci.

Il l'a ramassée par terre.

– Qu'est-ce que tu vas faire ? ai-je demandé.

– La brûler, a-t-il répondu en s'avançant vers les flammes crépitantes.

– Mais tu as dit qu'elles étaient très précieuses, lui a rappelé Kelly.

Mon père a observé la marionnette.

– Peu importe. Elles ne sont pas aussi précieuses que la confiance que j'ai en mes enfants. Dites adieu à cette créature malfaisante.

Il a levé le pantin au-dessus de sa tête, prêt à le jeter au feu.

– Non… Papa ! ai-je crié en l'attrapant par le bras. Attends !

31

Mon père a interrompu son geste.

– Qu'est-ce qu'il y a ?

– L'un des pantins est gentil. Celui qui s'appelle Snappy. Il essaie toujours de pousser son frère à bien se comporter.

– C'est vrai, a confirmé Kelly. Si celui-ci est Snappy, il ne faut pas le détruire. C'est seulement Slappy qui est méchant.

Mon père a baissé le bras.

– Vous en êtes sûrs ?

– Sûrs et certains, ai-je répondu. Tu as dit que tu nous faisais confiance…

Mon père a observé la marionnette en la tournant entre ses mains.

– Mais comment la reconnaître ? Elles sont parfaitement identiques.

– C'est facile, a expliqué Jamal. Slappy, le jumeau maléfique, a les yeux verts et l'autre a les yeux noirs.

Nous avons examiné les yeux du pantin : noirs.

– C'est Snappy ! ai-je déclaré. Pas besoin de le brûler. Ça va, c'est le gentil.

– Dans ce cas…, a dit mon père.

À cet instant, les camions de pompiers ont surgi au bout de l'allée. Les sirènes aiguës ont fait s'envoler les oiseaux des arbres alentour. Des pompiers en uniforme chaussés de grandes bottes ont sauté des véhicules.

Mon père m'a passé Snappy pour aller à leur rencontre.

J'ai contemplé le pantin. Le col de sa chemise, brûlé par le feu, était devenu marron et l'une des manches de sa veste partait en lambeaux. À part cela, les flammes l'avaient épargné.

Suivi par Kelly et Jamal, je l'ai monté dans le musée des Horreurs de mon père au grenier et je l'ai assis sur le dessus de la vitrine. Puis nous sommes restés à le regarder.

– Tu es toujours vivant, Snappy ? ai-je demandé. Tu m'entends ?

Sa mâchoire s'est ouverte et refermée en cliquetant. Il a battu des paupières.

– *Merci de m'avoir secouru*, a-t-il déclaré. *Maintenant, je n'ai plus besoin de faire semblant d'être gentil.*

Ma gorge s'est nouée.

– De-de faire semblant ?

– *Slappy trouvait ça drôle que je joue la comédie. Vous n'imaginez pas le mal que j'ai eu à interpréter le rôle de la gentille marionnette ! Mais il n'y a plus que moi, maintenant... Fini, le gentil pantin ! Prosternez-vous devant moi, esclaves ! Baissez les yeux quand votre nouveau maître vous parle !*

– Mais... mais..., ai-je balbutié.

– *Commençons notre nouveau film !* s'est exclamée la marionnette. *Alors, comment allons-nous l'appeler ? Que diriez-vous de* SNAPPY, LE ROI DU MONDE ?

SLAPPY VOUS PARLE, LES AMIS

Wouah ! Cette fin était du TONNERRE, pas vrai ?

Je suis désolé de m'être envolé sans dire au revoir. Personne n'a pu me souhaiter bon atterrissage ! Hahaha !

Au moins, ces gamins ont réussi à faire voler leur drone. Dommage que tout le garage ait dû voler avec pour que ça marche ! Haha.

Surtout, ne vous inquiétez pas pour moi, esclaves. Il faut plus que ce genre de petit incident pour me briser. Je vais bien vite recoller les morceaux.

N'espérez pas échapper à Slappy. Je serai de retour plus tôt que vous ne le croyez dans une nouvelle aventure de *Chair de poule*.

N'oubliez pas : vous êtes dans le monde de Slappy.

Il est à mourir de rire !

EXTRAIT

Et pour avoir encore la

Chair de poule®

lis
ces quelques pages de

Le parc de l'Horreur

EXTRAIT

En franchissant les grilles du parc de l'Horreur, nous ne nous doutions pas que quelques heures plus tard, nous serions tous allongés dans nos cercueils !

Chez nous, dans la famille Morris, j'ai la réputation d'être la plus raisonnable. On me le répète à longueur de journée : « Lise, toi qui es si raisonnable… ! »

Aussi vais-je tenter de raconter raisonnablement cette histoire insensée.

Seulement, ça va être difficile…

Nous n'avions absolument pas décidé de nous rendre à ce parc de l'Horreur. Nous ne connaissions même pas son existence. Nous nous étions entassés à cinq dans la petite Toyota de papa pour aller passer la journée au jardin zoologique. Papa avait oublié la carte à la maison et maman disait que ça ne faisait rien, que nous trouverions facilement, car il y aurait forcément des tas de panneaux indiquant la direction.

Mais nulle part nous n'avons vu le moindre panneau.

Papa conduisait et maman était assise à côté de lui. Moi, j'étais serrée derrière avec mon frère, Luc, qui a dix ans, et son copain Matthieu. Ce n'était pas la place la plus confortable. Mon frère est incapable de rester tranquille une minute, surtout en voiture. Plus notre voyage se prolongeait, plus il devenait agité. Il finit par entamer une partie de bras de fer avec Matthieu, ce qui n'est pas l'activité idéale en voiture. Après avoir encaissé stoïquement un certain nombre de coups de coude, je finis par perdre patience et leur hurlai de se tenir tranquilles.

– Jouez plutôt à l'Alphabet, suggéra maman. Regardez par la vitre et nommez tout ce qui commence par A, B, C…

– Il n'y a rien à regarder dehors, grommela Luc.

C'était vrai.

Nous traversions une immense étendue sablonneuse, totalement désertique. À peine apercevions-nous çà et là quelques maigres buissons.

– Je vais prendre à droite, annonça papa d'un ton décidé.

Il enleva sa casquette et gratta vigoureusement sa chevelure blonde, signe manifeste qu'il n'était pas

EXTRAIT

si décidé que ça. En réalité, je crois qu'il ne savait plus du tout où nous étions.

Papa est le seul blond de la famille. Luc et moi, nous avons hérité des yeux et des cheveux bruns de maman. Nous sommes également grands et minces comme elle, alors que papa est un peu… disons, enveloppé ! Je le taquine souvent parce que, avec ses bonnes joues rondes que le soleil fait régulièrement virer au rouge brique, il ressemble davantage à un travailleur agricole qu'à un employé de banque, ce qu'il est pourtant !

– On n'est pas déjà passés par ici ? demanda-t-il, peu sûr de lui.

– C'est difficile à dire, murmura maman. Il n'y a rien pour se repérer.

– Voilà qui va bien m'aider, grommela papa.

– Il me semble que c'est *toi* qui as laissé la carte sur la table de la cuisine ? répliqua-t-elle.

– Je pensais que tu l'avais prise !

– Et depuis quand est-ce moi qui dois penser à prendre la carte ?

Je les interrompis :

– Pas de panique ! On va bien finir par trouver un panneau indicateur.

Je sais par expérience que lorsque papa et maman entament une dispute, mieux vaut les arrêter tout de suite.

EXTRAIT

C'est ce moment que choisit Luc pour crier :

– Gare à vous, voilà le pinceur fou !

Et avec un ricanement surexcité, il se jeta sur Matthieu en lui pinçant les côtes.

J'étais bien contente que le pauvre Matthieu soit assis entre Luc et moi, car s'il y a une chose que je ne peux pas supporter, c'est bien le jeu du pinceur fou !

Matthieu se mit à se tortiller en s'étouffant de rire. Il a vraiment l'air de penser que Luc est l'être le plus drôle que la terre ait jamais porté. C'est sans doute pour cela que mon délicieux petit frère l'aime tant !

– Lise, rugit papa, fais taire ces deux énergumènes ou je les jette dehors !

– Hé ! Je n'y suis pour rien ! protestai-je.

Mais je savais que papa n'en avait pas après moi. C'était de ne pas trouver la route du parc zoologique qui le mettait dans cet état.

– Là, cria maman, regardez, un panneau !

– Est-ce qu'il indique la route du parc ? demanda Luc.

Papa ralentit. Mais on ne put lire que « TERRAIN À VENDRE ».

Tout le monde poussa un soupir de déception.

– Cette route ne mène nulle part, grommela papa. Je vais faire demi-tour.

– On pourrait peut-être demander à quelqu'un, suggéra maman.

EXTRAIT

– Demander à quelqu'un ! explosa papa. Tu vois quelqu'un quelque part à qui on puisse demander quoi que ce soit ?

– Je veux dire…, murmura maman, si on trouve une station-service…

– Une station-service ? reprit papa, hurlant de plus belle. Dans un patelin où on ne voit même pas un arbre !

Il avait raison : des deux côtés de la route, on ne voyait que du sable rendu éblouissant comme la neige sous le soleil.

– Alors, on est perdus ? demanda timidement Matthieu.

Il y avait de la peur dans sa voix.

Matthieu n'est pas un brave parmi les braves. Il est même très facile à effrayer. Une fois, cachée derrière la haie, je me suis amusée à chuchoter son nom alors qu'il sortait de chez nous à la nuit tombée et il a poussé un cri si strident que le reste de la famille s'est précipité dehors pour voir ce qui se passait !

– On est perdus ? répéta Luc.

– Je le crains, soupira papa.

– Oh ! fit seulement Matthieu en se laissant retomber au fond de la banquette.

Il avait l'air si pitoyable qu'il me faisait penser à un ballon en train de se dégonfler.

– Enfin, Jacques, ne dis pas ça ! protesta maman.

EXTRAIT

– Et qu'est-ce que tu veux que je dise ? explosa de nouveau papa. Ça fait deux heures que nous roulons sur une route qui ne conduit nulle part !

– Nous allons tous mourir de soif dans le désert, déclama Luc d'une voix tragique, et les vautours viendront dépecer nos cadavres et avaler tout rond nos yeux !

– Arrête, Luc, protesta maman, tu fais peur à ton copain.

– Je n'ai pas peur, assura Matthieu d'une voix qui disait tout le contraire.

Avec son visage de poupon et ses yeux clignotant derrière les lunettes rondes, on aurait dit une pauvre petite chouette effrayée.

– Charmante balade ! commenta papa.

– Tu sais, il n'est pas tard, remarqua maman en regardant sa montre. Nous avons le temps de retrouver notre chemin.

Nous suivîmes la route pendant encore près d'une demi-heure avant que le paysage commence à changer. D'abord, quelques arbustes apparurent, puis des champs cultivés. Mais il n'y avait toujours pas le moindre être humain en vue !

– Quelle heure il est ? grogna Luc. J'ai faim, moi !

Poussant un soupir d'exaspération, papa rangea la voiture sur le bas-côté et, se penchant vers maman, fourragea dans la boîte à gants :

EXTRAIT

– Il y a peut-être une carte là-dedans, non ?

– Mais non, assura-t-elle, j'ai déjà regardé.

Ils allaient recommencer à se disputer ! Découragée, je m'appuyai sur la banquette, levant les yeux au ciel.

Et je poussai un hurlement.

Juste au-dessus de nous, un monstre hideux s'apprêtait à passer son énorme tête à travers le toit ouvrant !

Une lueur diabolique rougeoyait dans les yeux du monstre et sa bouche se tordait en une grimace de bête affamée.

– Papa ! hurlai-je.

– Quoi, Lise, qu'est-ce qu'il y a ? dit papa sans même lever la tête.

Ce monstre était gigantesque ! Il pouvait avaler la voiture entière avec nous dedans !

Mais Luc éclata de rire et je réalisai au même instant que j'avais été terrifiée par une sorte d'énorme mannequin de plastique accolé à un panneau publicitaire. Papa avait arrêté la voiture juste en dessous.

Ouvrant la portière, j'observai le monstre d'un peu plus près. Il secouait régulièrement la tête en ouvrant ses larges mâchoires. J'avais un peu honte d'avoir hurlé de peur comme ça, moi, la raisonnable de la famille. Mais il avait l'air tellement vrai ! Sur

EXTRAIT

le panneau, en grandes lettres rouge sang, on pouvait lire cette invitation :

BIENVENUE AU PARC DE L'HORREUR
OÙ VOS PIRES CAUCHEMARS
DEVIENNENT RÉALITÉ !

EXTRAIT

Découvre vite la suite de cette histoire
dans

Le parc de l'Horreur

N° 25 de la série

Chair de poule®

Chair de poule®

1. La malédiction de la momie
2. La nuit des pantins
3. Dangereuses photos
4. Prisonniers du miroir
5. Méfiez-vous des abeilles !
6. La maison des morts
7. Baignade interdite
8. Le fantôme de la plage
10. La colo de la peur
11. Le masque hanté
12. Le fantôme de l'auditorium
14. Le pantin maléfique
16. Le fantôme d'à côté
19. Leçons de piano et pièges mortels
20. Souhaits dangereux
23. Le retour du masque hanté
26. La fille qui criait au monstre
29. Le fantôme décapité
32. Les fantômes de la colo
35. Le coup du lapin
36. Jeux de monstres
39. Le souffle du vampire
40. Les vers contre-attaquent
41. Le mangeur d'hommes
42. La colo de tous les dangers
44. Abominables bonshommes de neige
47. L'école hantée
51. Le jumeau diabolique
52. Un film d'horreur
61. La bague maléfique
73. La nuit des disparitions

Composition et mise en pages
Nord Compo à Villeneuve-d'Ascq